Grandi Tascabili Economici

316

Prima edizione: febbraio 1995
Grandi Tascabili Economici Newton
Divisione della Newton Compton editori s.r.l.

Roma, Casella postale 6214

ISBN 88-7983-776-1

Stampato su carta Libra Cream della Cartiera di Kajaani
distribuita dalla Fennocarta s.r.l., Milano
Copertina stampata su cartoncino Fine Art Board della Cartiera di Aanekoski

Totò

'A livella e Poesie d'amore

Introduzione di Antonio Ghirelli

Grandi Tascabili Economici
Newton

Introduzione

Luciano De Crescenzo, un napoletano doc che conosce bene la cultura e l'arte della nostra città, ha scritto una volta di Totò che egli ha incarnato tre personaggi abissalmente diversi: il comico, il principe e il poeta. La definizione è sagace ma forse andrebbe approfondita e completata. Cerchiamo di farlo con tutta la sollecitudine che merita un artista del suo calibro, in un'occasione così significativa e vorrei dire solenne come la pubblicazione di tutte le sue poesie.

Converrà cominciare, naturalmente, dal principio. Totò è stato anzitutto e soprattutto un comico, forse il più grande comico della sua generazione, certamente, il più grande comico italiano, e secondo qualcuno avrebbe rivaleggiato addirittura con Charlie Spencer Chaplin, al secolo Charlot. Quest'ultima idea è di Renzo Arbore e torneremo a discuterne. Ma l'elogio del comico non sarebbe esauriente se non si ricordasse che, per così dire, nella storia della commedia italiana Totò ha dato vita (come nessun altro attore) a due tipi di «mamo»: quello teatrale e quello cinematografico, che non erano davvero la stessa cosa, anche se ovviamente avevano molti elementi in comune.

A teatro, prima sulle tavole del varietà (come Eduardo, come la Magnani, come tutti i grandi pro-

tagonisti della scena), poi nelle irresistibili riviste di Nelli e Mangini e di Michele Galdieri, ha toccato sommi vertici di bravura, di simpatia, di acrobazia verbale e fisica, di ilarità travolgente. I suoi «finali» pirotecnici hanno entusiasmato il pubblico di mezza Europa, tenendolo in piedi fino alle ore piccole in una serie vertiginosa di bis, di invenzioni, di trovate sulfuree, di geniale fusione tra recitazione, corsa, musica, mimica. La sua interpretazione laica della vita e del sesso trasformava ogni sketch *in un'esaltazione della donna gioiosa, spiritosa, discreta, mai volgare, una interpretazione confermata ovviamente dalla bellezza delle* girl *che facevano corona al formidabile capocomico.*

Chi non ha mai visto e sentito Totò a teatro, non può immaginare che spettacolo abbia perduto. Lo disse Federico Fellini nella prefazione a un libro di Liliana De Curtis («Totò a prescindere») che raccoglieva aneddoti «ricostruiti attraverso le testimonianze degli amici, dei colleghi e dei familiari».

«Non ci si stancherebbe mai – scrisse il grande regista della Dolce vita *– di parlare di lui, di aver notizie di lui, di sentir aneddoti, storie, ricordi della sua apparizione in questa vita.» E aggiunse, significativamente: «Considero una fortuna appartenere a una generazione che può testimoniare di averlo visto veramente su un palcoscenico e, lagrimando di gioia e di godimento, di averlo applaudito insieme a platee esultanti di contentezza e di gratitudine».*

Fellini parlò anche, alla sua maniera, di un fascino inquietante da creatura extra-terrestre, da spiritello lunare, da manifestazione di seduta spiritica: un'osservazione in apparenza bizzarra, che viceversa coglie un aspetto particolarissimo del-

l'arte di Totò, tante volte definita non a caso «surrealista» e che forse è stata spiegata acutamente da Gassman, quando ha parlato – proprio a proposito dei versi di Antonio De Curtis – della solitudine dell'attore, un «musicista che suona se stesso» con il corpo, il viso, la voce, i gesti, ma vive «in pubblico», vive e muore per il pubblico. Ed è noto, del resto che, come quasi tutti i comici, Totò è stato nel suo «privato» un uomo sereno ma malinconico, forse proprio perché la sua vitalità, la sua misteriosa e inesauribile energia si realizzavano soprattutto sul palcoscenico.

*L'*altro *comico era quello cinematografico che, a sua volta, abbastanza curiosamente ha vissuto due esperienze diverse. Totò ha girato 114 film (il calcolo è di un suo puntualissimo biografo, Vittorio Paliotti) nell'arco di circa 40 anni, ma ne salvava soltanto una decina. Una volta spiegò a uno scrittore di cinema che il suo più grande errore era stato di aver accettato di girare film «dozzinali», di cassetta, anziché pretendere di essere utilizzato soprattutto per le sue impareggiabili risorse mimiche: «Io con la faccia posso esprimere tutto, invece ho trascurato questo e mi sono buttato a fare dei filmetti che non mi hanno permesso di diventare internazionale». Quando faceva questa affermazione, circa un anno prima di morire, non avrebbe mai potuto immaginare il miracolo che avrebbe compiuto la televisione, proiettando dopo la sua morte tutti i suoi film, anche i più mediocri, tante di quelle volte da imporre la sua comicità a decine di milioni di spettatori, soprattutto ai giovanissimi che non lo avevano mai visto e che concepirono per Totò un tale entusiasmo da creare intorno a lui quello che gli americani chiamano* culto, *un'adorazione quasi* *religiosa che è fatta di nostalgia, di ammirazione, di amore: un* feeling *assolutamente eccezionale.*

In realtà, come comico cinematografico Totò ha portato sul set la commedia dell'arte nel senso storicamente più autentico del termine, perché ha improvvisato in tutti i suoi film, da una sequenza all'altra, per non dire da un'inquadratura all'altra. I copioni erano talmente melensi, le situazioni talmente improbabili, le storie talmente assurde, che il grande attore napoletano si rifiutava anche di studiare i testi e le battute della sceneggiatura, inventandoli all'antica maniera dei commedianti italiani mentre l'operatore girava il film e mentre i comprimari facevano sforzi inumani per non scoppiare a ridere a ogni «gag». E se, per uno scoppio di riso involontario o per un altro qualsiasi errore degli altri attori, la sequenza doveva essere girata di nuovo, Antonio De Curtis non la ripeteva mai esattamente come la prima volta ma tornava a inventare, a improvvisare, a creare battute e «gag» da sceneggiatore consumato.

Questa la prima esperienza, che coincise con il novanta per cento delle pellicole girate, anche se permise ad Antonio De Curtis di iscrivere il proprio nome tra quelli dei più esilaranti interpreti dello schermo, insieme con Peppino De Filippo e Aldo Fabrizi, i due soli attori italiani capaci di tenergli testa sul set. La seconda esperienza, purtroppo, riguarda soltanto una minoranza di film ma in cambio essi sono consegnati alla più preziosa antologia del cinema italiano: Guardie e ladri *di Steno e Monicelli,* Napoli milionaria *di Eduardo,* I soliti ignoti *del solo Monicelli,* L'oro di Napoli *di Vittorio De Sica,* Uccellacci e uccellini *di Pierpaolo Pasolini. In ciascuno di essi e in forme sem-*

pre diverse, Totò vi palesò un'altra faccia della sua arte, la capacità magistrale di recitare senza smorfie e senza lazzi, perfino senza battute: con la semplice, penetrante forza della sua umanità. L'incontro più imprevedible e toccante fu, senza dubbio, quello con Pasolini ma la sequenza dell'inseguimento del ladro da parte dell'agente di polizia, il duetto tra Totò e Fabrizi in Guardie e ladri, resterà una delle pagine più significative nella storia del nostro cinema.

Detto tutto questo del comico, dell'attore De Curtis beninteso in sintesi, per sommi capi, resta da ricordare gli altri due personaggi che Totò ha incarnato nella sua vita: il principe e il poeta. Prima di arrivarci, però, vorrei sottolineare un altro aspetto della sua arte: l'uso stravolto, beffardo, dirompente che egli ha fatto della lingua nazionale, non soltanto strutturandola con una sintassi e una mimica (ma non un accento), che non avrebbero potuto essere più napoletane, ma esasperando molte delle grottesche deformazioni che nell'italiano hanno introdotto la burocrazia e il conformismo dei benpensanti.

La figlia Liliana e Matilde Amorosi, che alla memoria e alla figura di Totò hanno dedicato molti libri, uno ne hanno curato raccogliendo sotto il titolo Parli come badi le «totoate», le battute più caratteristiche e il più delle volte improvvisate che il grande comico ha elargito sul palcoscenico e dallo schermo, «battute inesauribili che spaziano dal genere demenziale alla considerazione filosofica, dal gusto di storpiare le parole a quello di dimezzarle». Si potrebbe passare un'intera serata a raccontarsi queste battute, come si passano tante ore a rivedere o a ricordare i più celebri sketch di Antonio

De Curtis, ma basta leggere Parli come badi *ad apertura di libro per cogliere la straordinaria creatività linguistica dello spiritoso autodidatta:* «Io sono turco, turco dalla testa ai piedi, ho persino gli occhi turchini...». *Oppure, fulminante:* «La serva serve». *Ovvero, tecnologico:* «Ma vi pare giusto che uno alza la testa e dal cielo gli arriva uno sputnik nell'occhio?». *E, tanto per non continuare (ma si potrebbe all'infinito):* «Io tocco, ma perché lei mi fa il ritocco?...». «Signori si nasce, e io lo nacqui...», *eccetera.*

Mimica, acrobazia, lazzi, battute, satira sorridente, sessualità dichiarata e innocente, improvvisazione geniale, sorprendente umanità: ogni contatto con l'arte di Antonio De Curtis, al di là dell'esilità o della pochezza della trama, ci ha regalato momenti indimenticabili di allegria, di felicità, di liberazione. Il comico, l'attore erano di tutti e per tutti Totò si prodigava dal palcoscenico o dallo schermo. Pochi sapevano della sua vita privata, della sua passione per la nobiltà, della sua generosità senza pari e anche delle sue poesie; ma chi lo conosceva bene, da vicino, chi aveva lavorato con lui o lo aveva amato, serba dell'uomo De Curtis una memoria ancora più intensa di quella che milioni di spettatori, vecchi e giovani, conservano dell'interprete, del personaggio, della maschera di Totò.

*Certo, l'uomo era assai diverso dall'attore: era squisitamente cortese per quanto l'*altro *si mostrava aggressivo e sfottente; era attentissimo ai bisogni e al dolore della gente per quanto l'*altro *sembrava distratto e distaccato; era malinconico e sentimentale per quanto l'*altro *mostrava spavalda sicurezza nelle situazioni più difficili. Il trucco,* *l'abbigliamento, l'uniforme del comico – in qualche modo oscillante tra il clown e il pezzente – non lasciava certo supporre che Totò discendesse o credesse di discendere dagli imperatori di Bisanzio e tenesse maledettamente a quella patente di nobiltà, forse per cancellare il ricordo di un'infanzia mortificata dal bisogno. E il bello è che nella vita di ogni giorno il principe De Curtis si comportava davvero come un aristocratico, lui che era figlio naturale di un sarto e aveva studiato esclusivamente all'università della strada, anzi del vicolo.*

Ma proprio la conoscenza ravvicinata di Antonio fuori dalle scene può introdurci a una lettura adeguata dei suoi versi, che la Newton Compton presenta in questo volume nella loro interezza. Mi è già capitato di osservare che il tema dominante della poesia di Totò è l'amore e che la sua idea dell'amore è ancora quella degli antichi troubador *che Federico* II *portò nel Mezzogiorno dalla Provenza, l'idea di una donna che è insieme anima e carne, che va adorata come una dea o come una grande dama anche se fa la sartina o la modista, una donna che diventa* malafemmina *soltanto se tradisce e che anche in questo estremo conserva il fascino e la crudeltà di un totem.*

*Non v'è da stupirsi se, mentre il comico (*pur essendo parte...nopeo e parte napoletano), *parla un italiano quasi impeccabile, il poeta scrive quasi sempre in dialetto, perché l'educazione sentimentale che è stata impartita a noi napoletani, almeno ai napoletani nati prima della seconda guerra mondiale, scaturisce direttamente dalla lezione dei nostri grandi poeti, come Salvatore Di Giacomo, e dai nostri grandi canzonieri, come Ernesto Murolo. Possiamo anche essere colti come professori uni-*

versitari, ma l'amore, la gelosia, la nostalgia, la malinconia, insomma le passioni noi vecchi (e forse anche moltissimi giovani) nati sulle rive del Golfo continuiamo a pensarle e a esprimerle in dialetto; e non è detto che – quando questa abitudine sarà dimenticata – avremo fatto un progresso.

Beninteso nei versi di Antonio De Curtis non v'è posto soltanto per l'amore (anche se le poesie dedicate a Franca Faldini, dopo quelle dei primissimi anni dell'adolescenza, sono tenerissime). Le riflessioni sulle esperienze di una vita tanto movimentata, il ricordo tenace della Napoli della sua infanzia, la folla inverosimile di personaggi che ha incontrato, sono altri temi di un canto che tuttavia attinge il massimo della tensione quando si confronta con la prospettiva della morte. Totò ha un'intuizione folgorante nella poesia dedicata allo «schiattamuorto», al becchino, proprio a proposito della morte, che definisce ironicamente «'nu passaggio dal sonoro al muto», ma se la meditazione diventa più seria, più introversa, nasce 'A livella, *l'omaggio sereno e consapevole alla Grande Eguagliatrice, di fronte alla quale si rivela in tutta la sua grettezza la boria del gentiluomo che deplora la confusione di chi lo ha sepolto accanto a un miserabile «scupatore», uno spazzino:*

Lurido porco!...Come ti permetti
paragonarti a me ch'ebbi natali
illustri, nobilissimi e perfetti...

La risposta sdegnata dello «scupatore» è passata in proverbio:

Tu qua' Natale...Pasca e 'Ppifania!!!
T''o vvuò mettere'ncapo... 'int''a cervella

che staje malato ancora 'e fantasia?
'A morte 'o ssaje che d'è?... è una livella.

Basta questa poesia a liquidare ogni pretesa di spacciare Antonio De Curtis per un frivolo quanto improbabile snob. La sua intelligenza e la sua sensibilità gli avrebbero impedito una simile prova di debolezza. Totò, che ci ha fatto ridere mille volte perfino fino alla lagrime, era in realtà soprattutto una persona seria. Il suo rifiuto della volgarità è molto eloquente così come va apprezzata la sua riluttanza a mescolarsi alle vicende politiche, a schierarsi col potere o a contrastarlo nel modo qualunquistico e demagogico caro a tanti comici (o cantautori) di oggi. In tutta la sua produzione poetica si accenna a un episodio politico, o meglio storico, della storia napoletana, una sola volta, in Il cimitero della civiltà, *dove il protagonista si avventura in un campo di residuati di guerra e scopre sotto un vecchio carro armato un tedesco morto, che gli rivela di essere stato ucciso a Napoli durante le Quattro Giornate. E il poeta sottolinea:*

Ah, sì... mo mme ricordo...le mazzate
ch'avisteve da noi napoletani...
E quanto furon...quattro le giornate,
si nun mme sbaglio: o qualche cosa 'e cchiù?

Furon quattro, Mazzate 'a tutte pizze:
prete, benzina, sputazzate 'nfaccia...
Aviveve vedé chilli scugnizze
che cosa se facettero afferrà!

La guerra come la morte lasciò una forte impronta sulla sensibilità di Antonio De Curtis. Lo ricorda un suo biografo, Alessandro Ferraù, che sostiene giustamente come al fondo della sua comicità ci fosse sempre «una vena di malinconia, una ragnatela di inconfessati timori». Nel '42 alla vigilia di partire per la Russia, Ferraù andò a salutare Totò, che era commosso e lo invitò a portare con sé la sua fotografia con dedica: «Tienitela in tasca e vedrai che tornerai a casa sano e salvo. Io porto fortuna». Superstizione? Si sorride spesso della superstizione di noi napoletani, delle nostre paure, delle fobie che si nascondono sotto la nostra estroversione, ma non si riflette abbastanza sulla storia tormentata della città, sulla condizione di disagio e di insicurezza che pesa da sempre su tanti di noi, come certamente pesava su Antonio De Curtis.

Allo stesso Ferraù, una volta Totò fece osservare, a proposito del paragone che taluno avanzava tra lui e Charlot, che essi avevano in comune per lo meno la durissima esperienza iniziale: «Entrambi – disse Totò – abbiamo cominciato nello stesso modo: è stata la fame a darci una disperata volontà di maturare». Al parallelo tra i due grandi comici si è già accennato. Ne parla Luciano De Crescenzo nella prefazione alla prima raccolta di poesie che fu pubblicata da Gremese nel 1992. Lo scrittore, ingegnere e filosofo, umorista e regista cinematografico, insomma il poliedrico Luciano citava «una disputa assurda» insorta, in una giornata di caldo particolare, tra il suo e nostro amico Renzo Arbore e il critico cinematografico Tullio Kezich: «Chi è più importante, Chaplin o Totò?». Arbore, ovviamente faceva il tifo per Totò e Kezich per Chaplin.

De Crescenzo spiega anche perché, in realtà, il paragone è insostenibile e lo spiega indirettamente con un'osservazione di un altro critico cinematografico, Claudio G. Fava, ben noto ai telespettatori: «Chaplin amava il cinema muto. Il sonoro lo fece ma solo dopo molti tentennamenti e, anche quando lo fece, si affidò più alla comicità dell'immagine che non a quella della parola. Totò, invece, era un comico di linguaggio, *e come tale non fu mai esportabile».*

Credo che le cose stiano esattamente così. Ed è, naturalmente un peccato, perché Antonio avrebbe meritato che la sua arte valicasse i confini del nostro Paese. Ma la sua gloria, il suo ricordo, l'allegria che egli ci ha regalato ce li teniamo egualmente stretti insieme con il messaggio di commossa umanità che egli ha affidato a questi versi.

ANTONIO GHIRELLI

Cronologia

1898. 15 febbraio: a Napoli, in Via Santa Maria Antesecoula, nel Rione Sanità, nasce Antonio Clemente, figlio di Anna Clemente e di N.N. Egli cresce nel suo quartiere, conosciuto come Totò, nome che gli rimane in arte. Nella vita privata ha sempre voluto che lo chiamassero Antonio.

1916. Antonio presta il servizio militare inizialmente presso il Reggimento di Fanteria di Livorno, ma trascorre il periodo di leva soprattutto in ospedale per malattie simulate. Tra una degenza e l'altra, Totò subisce le vessazioni di un caporale che gli farà coniare la frase, divenuta celebre: «Siamo uomini o caporali?».

Totò viene assunto, senza paga e in prova, dalla Compagnia di Umberto Capece che gestisce il Teatro Salone Elena. Per aver chiesto l'importo per il rimborso del biglietto del tram viene licenziato «in tronco».

1917. Totò si presenta all'impresario Peppe Jovinelli, titolare dell'omonimo teatro romano di varietà (fondato nel 1909), proponendogli di imitare il repertorio del noto attore «fantasista eccentrico» Gustavo De Marco con cui l'impresario aveva rotto i rapporti. Così egli interpreta con successo *Il bel Ciccillo, Se fossi ricco, Paraguay.*

1920. Lavora al Teatro Orfeo di Napoli. La sua scenetta più acclamata è ispirata dalla canzone, a quel tempo famosa, dal titolo *Vipera* da lui trasformata in *Vicolo.*

1922. Tramite il suo barbiere Pasqualino, Totò riesce a farsi scritturare nel più importante teatro di varietà romano, il Teatro Sala Umberto. Da questo momento ha inizio l'ascesa di Totò nel varietà prima e nella rivista poi.

1923-25. Si esibisce nei Teatri Trianon e San Martino di Milano e al Maffei di Torino, avendo come repertorio *Cane e gatto, Il gagà* (riproposto più tardi in una delle sue riviste), *Biondo corsaro, Otello.*

1924. La madre Anna Clemente e il marchese Giuseppe de Curtis (che per motivi familiari non aveva potuto sposare Anna prima) si uniscono in matrimonio. Il padre legittima così il figlio che, dopo accurate ricerche araldiche, assume i predicati nobiliari di Angelo Ducas Comneno De Curtis Gagliardi Antonio Giuseppe di Luigi Napoli, Principe Conte Palatino, Cavaliere del Sacro Romano Impero, Nobile Altezza Imperiale. Dai documenti del Comune di Napoli fa cancellare la denominazione in base alla quale egli era, per la società, «Antonio Clemente, di Anna Clemente e di N.N.»

1926. Recita accanto alla notissima soubrette Isa Bluette nella Compagnia Maresca, partecipando alle riviste *Madama Follia, Il paradiso delle donne, Girotondo, Mille e una donna.*

1928. Definitiva consacrazione al Teatro Nuovo della Compagnia Molinari; Totò partecipa, come protagonista, alle riviste e operette *Un turco napoletano, O' balcone e' Rusinella, Metteteve a ffa' l'ammore cu' mme, I nipoti del Sindaco, Na creatura sperduta, Bacco Tabacco e Venere,* ma soprattutto *Messalina* (dove interpretava il ruolo di Caio Silio) e *I Tre Moschettieri* (dove impersonò D'Artagnan con una stampella d'armadio per spada e una penna di cappone sulla bombetta).

1929-32. Sempre dalla direzione del Teatro Nuovo di Napoli Totò viene scritturato per la Compagnia Cabiria e poi nuovamente dalla Compagnia Maresca. Il 3 dicembre 1929 Totò inizia una passionale relazione con la soubrette napoletana Liliana Castagnola, in quel tempo notissima, che il 3 marzo 1930, credendo che Totò volesse abbandonarla, si suicida coi barbiturici. Totò ne rimane sconvolto. Liliana Castagnola riposa nella tomba di famiglia dell'attore che, invece di dare il nome della nonna paterna com'era tradizione, chiama sua figlia Liliana.

1933-40. Totò diventa capocomico di una propria formazione di varietà e nel suo repertorio troviamo: *Era lui... sì sì, era lei... no no, La banda della bambole bionde, Il mondo è tuo, Quelli della mano verde, 50 milioni, c'è da impazzire, Belle o brutte purché sian donne mi piaccion tutte, La Vergine indiana, I tre Moschettieri, Dei due chi sarà?, Fra moglie e marito la suocera e il dito, Se quell'evaso fossi io.*

1935. 15 aprile. A Roma, Totò si unisce in matrimonio con Diana Rogliani. Dalla loro unione nasce Liliana.

1937-67. Nel 1937 Totò interpreta il suo primo film *Fermo con le mani* di Gero Zambuto. Da quell'anno al 1967 interpreta 97 film visti da 300 milioni di spettatori, un record che non ha eguali nella storia del cinema italiano. Nel 1938 gira con Carlo Ludovico Bragaglia il secondo film *Animali pazzi*, ma è con la regia di Amleto Palermi, nel film *San Giovanni Decollato* tratto da una commedia di Nino Martoglio, che Totò offre la misura delle sue possibilità di attore comico cinematografico. Gli sono accanto Titina De Filippo, Silvana Jachino e Franco Coop.

1941-48. Nel teatro di rivista si forma il sodalizio Totò–Michele Galdieri, forse il miglior autore italiano di riviste. È il successo definitivo con *Quando meno te l'aspetti* (1941), *Volumineide* (1942), *Orlando curioso* (1942-43), *Che ti sei messo in testa* (1944), *Con un palmo di naso* (interpretato, come altre riviste, con Anna Magnani, nel 1944), *C'era una volta il mondo* (1947), *Bada che ti mangio* (1948). Nel 1946-47 Totò interpreta la rivista *Ma se ci toccano nel nostro debole* di Nelli, Mangini, Giovannini e Garinei. Infine, nel 1956, torna per l'ultima volta alla rivista con A *prescindere* di Nelli e Mangini.

1948. Totò diventa protagonista di due film comici che gli danno una vasta popolarità e che si affermano come «campioni d'incasso»: *Totò al Giro d'Italia* (la prima pellicola che, nel titolo, porta il nome di Totò, che poi si ripeterà in altri 33 film) e *Fifa e arena.*

1949-51. In questi tre anni Totò interpreta 16 film, da *L'Imperatore di Capri* a *Totò cerca casa, Totò le Mokò, 47 morto che parla, Totò sceicco,* fino a *Guardie e ladri* di Steno e Monicelli, interpretato insieme ad Aldo Fabrizi, che gli vale il primo «Nastro d'argento» da parte del Sindacato Nazionale Giornalisti Cinematografici Italiani.

1952-56. Prosegue l'intensa attività cinematografica di Totò: dei suoi film migliori citiamo *Totò a colori, Un turco napoletano, Miseria e nobiltà, L'oro di Napoli* di Vittorio De Sica, *Siamo uomini o caporali?*

1957. Totò viene colpito agli occhi da una grave forma di corioretinite emorragica che si manifesta durante una tournée con la rivista *A prescindere,* che gli riduce di molto la vista. Ma egli non si scoraggia e continua a interpretare film di grande successo come *I soliti ignoti* (con Vittorio Gassman e Marcello Mastroianni), *Totò nella luna, La cambiale, I tartassati, Risate di gioia* (con Anna Magnani), *Il Comandante, Operazione San Gen-*

naro di Dino Risi (con Nino Manfredi). Dall'inizio della malattia agli occhi e fino al 1967, Totò interpreta altri 43 film.

1961. Una giuria di giornalisti gli assegna a Saint Vincent la «Grolla d'Oro» con la motivazione: «Al merito del cinema, per aver da lunghi anni onorato l'estro e il genio del Teatro dell'Arte».

1966. Il Sindacato Nazionale Giornalisti Cinematografici gli assegna il secondo «Nastro d'argento» per la sua interpretazione del film *Uccellacci e uccellini* di Pier Paolo Pasolini. Per questo film Totò ha una menzione speciale al Festival di Cannes.

1967. Ormai quasi cieco, ma sempre ricco di amore per la vita, Totò partecipa al film *Capriccio all'italiana,* negli episodi «Il mostro» e «Che cosa sono le nuvole?» di Pier Paolo Pasolini. Ma il 14 aprile interrompe la lavorazione e nella notte di sabato 15 aprile subisce un gravissimo infarto.

Si conclude così la vita terrena di uno dei più grandi attori di varietà, di rivista e di cinema, per molti il più grande. La televisione, riproponendo di continuo i suoi film, seguiti e amati dai giovani, conferma la sua straordinaria umanissima arte che lo rende unico attore italiano, attuale e presente, a ventisei anni dalla morte.

Totò compose il volume di poesie *'A livella* e numerose canzoni fra le quali *C'aggia fa'!... C'aggia di'!..., Miss mia cara Miss, Nemica, Core analfabeta, Povero core mio* e, naturalmente *Malafemmena,* forse la più nota e la più bella.

Bibliografia

FERRAÙ A., «Totò», in *Cinemagazzino,* Roma, 22 gennaio-28 febbraio 1941.
FERRAÙ A., PASSARELLI E., *Totò - Siamo uomini o caporali?*, Capriotti, Roma, 1951.
CASTELLO C.G., VIVIANI V., *Enciclopedia dello spettacolo,* vol. IX, pp. 1029-1030.
LAURA E.G., «Il comico irripetibile», in *Bianco e Nero*, Roma, n. 8, giugno 1967.
«Rencontre pré–posthume avec Totò, Prince des comédiens», in *Cahiers du cinema,* Paris, n. 192, luglio 1967.
RONDOLINO G, *Dizionario del cinema italiano 1945–1969,* Einaudi, Torino, pp. 375-376.
«Totò le distrazioni del linguaggio», in *Filmcritica,* Roma, n. 222, febbraio 1972.
PALLOTTI V., *Totò, Il Principe del sorriso*, Fiorentino Editrice, Napoli, 1972.
FOFI G., *Quisquilie e pinzellacchere – Il teatro di Totò,* Savelli, Roma, 1973.
FOFI G., *Totò,* Savelli, Roma, 1975.
FALDINI F., FOFI G., *L'uomo e la maschera,* Feltrinelli, Milano, 1977.
CALDIRON O., *Totò,* Gremese, Roma, 1979.
GOVERNI G., *Vita di Totò principe napoletano e grande attore,* Rusconi, Milano, 1980.
RONDI G.L., *Enciclopedia Treccani 1961-1978,* «Appendice», vol. IV, pp. 662-663, 1981.
CAMMAROTA D., *Il cinema di Totò,* Fanucci, Roma, 1985.
DE CURTIS L., *Totò mio padre* (a cura di Matilde Amorosi), Mondadori, Milano, 1990.
MOLLICA V., *Totò, poesia, scenette e canzoni inedite,* Discolibro, CGD, Milano, 1990.
MOLLICA V., *Le canzoni di Totò,* CGD, Milano, 1991.
GUARINI G., *Tutto Totò,* Gremese, Roma, 1991.
FO D., *Totò, manuale dell'attor comico,* Aleph, Torino, 1991.

DE CURTIS L., *A prescindere* (a cura di Matilde Amorosi), Mondadori, Milano, 1992.
MOLLICA V., *Totò, parole e musica,* Edizioni Lato Side, Roma, 1992.
GOVERNI G., *Il pianeta Totò,* Gremese, Roma, 1992.
CESARETTI F., *Totò, Tati e il Tao,* Edizioni Sperling e Kupfer, Roma, 1993.
TOTÒ, *Siamo uomini o caporali?* (a cura di Matilde Amorosi e Alessandro Ferraù con la collaborazione di Liliana de Curtis), Newton Compton editori, Roma, 1993.
Poi dice che uno si butta a sinistra (a cura di Enrico Giacovelli), Gremese, Roma, 1994.
Parli come badi (a cura di Matilde Amorosi, con la collaborazione di Liliana de Curtis), Rizzoli, Milano, 1994.

Glossario

Accattà: comprare
Accido: uccido
Accussì: così
Adda: deve
Addenucchiato: inginocchiato
Addeventa: diventa
Addimannaje: domandai
Addiruso: odoroso, fragrante
Addò: deve
Aggia: debbo
Aita: dovete
Allerezza: allegria
Ammurbato: annoiato, tediato
Appiccecato: bisticciato
Appriesso: assieme
Appujato: appoggiato
Arapette: aprì
Ascenno: uscendo
Astregnere: stringere
Aucielle: uccelli
Aucelluzzo: uccellino
Austo: agosto

Ca: che
Cagnano: cambiano
Cagnate: cambiate
Cajola: gabbia
Capa: testa
Cchiù: più
Chello: quello
Chiagneno: piangono
Chiano: piano
Chilli: quei
Chine: pieni
Chist': questi
Comm': come
Curella:coda
Cusuto: cucito
Custata: costola (di Adamo)

Ddoje: due
Dicitencello: diteglielo
Dint': dentro

E: a, alle
Essa: lei

Faciteme: fatemi
Famma: fame
Fele: fiele
Fonneno: fondono
Fora: fuori, forestiero

Gghiuto: andata
Guaglione: ragazzo

Hê: hai

I': io
Jammo: andiamo
Janca: bianca
Jennaro: gennaio
Jì: andare

'Int': dentro
Intrasatta: improvvisamente
Ire: eri
Isso: lui
Juorno: giorno

Lassa: lascia

Maje: mai
Mascatura: serratura
Mezza: causa, colpa
'Mmasciata: ambasciata, messaggio
Mmò: adesso
Mugliera: moglie
Musso: muso

'Nchiantato: piantato
'Ncopp': sopra
'Ncuollo: addosso
Nfezzasse: infilarsi
'Nfunn': in fondo
Nisciuno: nessuno
Nn'ite: ne avete
Ntussecosa: bizzosa
'Nzerraje: chiusi

O: il
Ommo: uomo

Pappavalle: pappagalli
P'arraggia: per la rabbia
Pate: padre
Pazzielle: giocattoli
Penzanne: pensando
Pesone: pigione
Piccerillo: piccolo
Pienze: pensi
Pile: peli
Pozzo: posso
Priezza: gioia, gaudio
Putechella: botteguccia

Quanno: quando

Rerite: ridete
Riala: regala
Rispunnette: rispose

Saccio: so
Sagliuto: salito
Saje: sai
Sango: sangue
Scanzanname: scansandomi
Schiuppato: sbocciato
Scigne: scimmie
Sciore: fiore
Scuorne: vergogna
Sentette: sentii
Simmo: siamo
So' – sogno: sono
Sonna: sogna
Spià: chiedere
Spurtone: culla
'Sti – 'stu: questi, questo
Strummulo: trottola
Sulo: solo
Sunnanno: sognando

Tantillo: piccolino
Trasette: entrò
Trasì: entrare
Tuoie: tuoi
Tuzzulià: bussare

Uocchie: occhi

Valanza: bilancia
Vasà: baciare
Vaso: bacio
Veco: vedo

Vedennete: vedendoti
Venne: vende
Vennegna: vendemmia
Vetella: vita stretta, vitino
Vevo: bevo
Vò: vuole
Vocche: bocche
Volle: bolle
Vulesse: vorrei
Vurria: vorrei
Vurzella: borsetta
Vvote: volte
Vurzella: borsetta
Vvote: volte

'A LIVELLA

POESIE NAPOLETANE

'A livella

Ogn'anno, il due novembre, c'è l'usanza
per i defunti andare al Cimitero.
Ognuno ll'adda fa'[1] chesta crianza;
ognuno adda tené chistu penziero.

Ogn'anno, puntualmente, in questo giorno,
di questa triste e mesta ricorrenza,
anch'io ci vado, e con dei fiori adorno
il loculo marmoreo 'e zi'[2] Vicenza.

St'anno[3] m'è capitata 'n'avventura...
dopo di aver compiuto il triste omaggio
(Madonna!), si ce penzo, che paura!
ma po' facette un'anema 'e curaggio[4].

'O fatto è chisto, statemi a sentire:
s'avvicenava ll'ora d''a[5] chiusura:
io, tomo tomo[6], stavo per uscire
buttando un occhio a qualche sepoltura.

«QUI DORME IN PACE IL NOBILE MARCHESE
SIGNORE DI ROVIGO E DI BELLUNO
ARDIMENTOSO EROE DI MILLE IMPRESE
MORTO L'll MAGGIO DEL '31.»

'O stemma cu 'a curona 'ncoppa[7] a tutto...
...sotto 'na croce fatta 'e lampadine;

[1] ll'adda fa' = *deve farla.*
[2] 'e zi' = *di zia.*
[3] St'anno = *quest'anno.*
[4] ma po' facette... = *ma poi mi feci coraggio.*
[5] ll'ora d''a = *l'ora della.*
[6] tomo tomo = *senza fretta o interessi particolari.*
[7] 'ncoppa = *sopra.*

tre mazze 'e rose cu 'na lista 'e lutto:
cannele, cannelotte e sei lumine[8].

Proprio azzeccata 'a[9] tomba 'e stu signore
nce steva n'ata[10] tomba piccerella,
abbandunata, senza manco un fiore;
pe' segno, sulamente 'na crucella.

E ncoppa 'a croce appena se liggeva:
«ESPOSITO GENNARO NETTURBINO».
Guardannola, che ppena me faceva
stu muorto senza manco nu lumino!

Questa è la vita! 'Ncapo a me penzavo...
chi ha avuto tanto e chi nun ave niente!
Stu povero maronna[11] s'aspettava
ca pure all'atu[12] munno era pezzente?

Mentre fantasticavo stu penziero,
s'era ggià fatta quase mezanotte,
e i' rummanette[13] 'nchiuso priggiuniero,
muorto 'e paura... nnanze 'e cannelotte.

Tutto a 'nu tratto, che veco[14] 'a luntano?
Ddoje[15] ombre avvicenarse 'a parte mia...
Penzaje; stu fatto a me mme pare strano...
Stongo scetato[16]... dormo, o è fantasia?

[8] lumine = *lumini*.
[9] azzeccata 'a = *a fianco della*.
[10] n'ata = *un'altra*.
[11] maronna = *madonna*.
[12] all'atu = *all'altro*.
[13] i' rummanette = *rimasi*.
[14] veco = *vedo*.
[15] Ddoje = *due*.
[16] Stongo scetato = *sono sveglio*.

Ate che[17] fantasia; era 'o Marchese:
c''o tubbo[18], 'a caramella e c''o pastrano;
chill'ato appriesso[19] a isso un brutto arnese:
tutto fetente e cu 'na scopa mmano.

E chillo certamente è don Gennaro...
'o muorto puveriello... 'o scupatore.
'Int' a stu fatto i' nun ce veco chiaro:
so' muorte e se retireno a chest'ora?

Putevano stà 'a me quase 'nu palmo,
quando 'o Marchese se fermaje 'e botto,
s'avota[20] e, tomo tomo... calmo calmo,
dicette a don Gennaro: «Giovanotto!

Da voi vorrei saper, vile carogna,
con quale ardire e come avete osato
di farvi seppellir, per mia vergogna,
accanto a me che sono un blasonato?!

La casta è casta e va, sì, rispettata,
ma voi perdeste il senso e la misura;
la vostra salma andava, sì, inumata;
ma seppellita nella spazzatura!

Ancora oltre sopportar non posso
la vostra vicinanza puzzolente.
Fa d'uopo, quindi, che cerchiate un fosso
tra i vostri pari, tra la vostra gente».

«Signor Marchese, nun è colpa mia,
i' nun v'avesse fatto chistu tuorto;

[17] Ate che = *altro che.*
[18] c''o tubbo = *col cilindro.*
[19] chill'ato appriesso = *l'altro dietro.*
[20] s'avota = *si gira.*

mia moglie è stata a ffa' sta fessaria,
i' che putevo fa' si ero muorto?

Si fosse vivo ve farrie[21] cuntento,
pigliasse 'a casciulella[22] cu 'e qquatt'osse,
e proprio mo, obbj'[23]... 'nd'a stu mumento
mme ne trasesse dinto[24] a n'ata fossa.»

«E cosa aspetti, oh turpe malcreato,
che l'ira mia raggiunga l'eccedenza?
Se io non fossi stato un titolato
avrei già dato piglio alla violenza!»

«Famme vedé... – piglia sta violenza...
'A verità, Marché', mme so' scucciato
'e te sentì; e si perdo 'a pacienza,
mme scordo ca so' muorto e so' mazzate!...

Ma chi te cride d'essere... nu ddio?
Ccà dinto[25], 'o vvuò capì, ca simmo[26] eguale?...
... Muorto si' tu e muorto so' pur'io;
ognuno comme a 'n'ato[27] è tale e qquale.»

«Lurido porco!... Come ti permetti
paragonarti a me ch'ebbi natali
illustri, nobilissimi e perfetti,
da fare invidia a Principi Reali?»

«Tu qua' Natale... Pasca e Ppifania!!!
T''o vvuo' mettere 'ncapo... 'int''a cervella
che staje malato ancora 'e fantasia?...

[21] ve farrie = *vi farei.*
[22] 'a casciulella = *la piccola cassa con le quattro ossa.*
[23] obbj' = *lo vedi.*
[24] mme ne trasesse dinto = *me ne andrei dentro.*
[25] Ccà dinto = *qua dentro.*
[26] ca simmo = *che siamo.*
[27] comme a 'n'ato = *come l'altro.*

’A morte ’o ssaje ched’è?... è una livella.

’Nu rre[28], ’nu maggistrato, ’nu grand’ommo,
trasenno[29] stu canciello ha fatt’ ’o punto
c’ha perzo tutto, ’a vita e pure ’o nomme
tu nun t’hè fatto ancora chistu cunto?

Perciò, stamme a ssentì... nun fa’ ’o restivo,
suppuorteme vicino – che te ’mporta?
Sti ppagliacciate ’e ffanno sulo ’e vive[30]:
nuje simmo serie... appartenimmo â morte!»

[28] ’Nu rre = *un re.*
[29] trasenno = *passando, entrando da.*
[30] sulo ’e vive = *solo i vivi.*

Ricunuscenza

Stanotte 'a dint''o lietto cu 'nu strillo
aggio miso arrevuoto[1] tutt''a casa,
mme so' mmiso a zumpà comme a n'arillo[2]...
E nun me faccio ancora persuaso.

Ma comme, dico io po', cu' tanta suonne[3],
i' mme so' ghiuto[4] a ffa' 'o cchiù malamente[5];
sti suonne songo suonne ca te pònno
fa' rummané stecchito comme a niente.

I' steve allerta 'ncoppa a 'na muntagna.
Tutt'a 'nu tratto sento 'nu lamiento.
'O pizzo addò stev'i' era sulagno[6]...
Dicette ncapo a me: E chisto è 'o viento!

Piglio e mme mengo[7] pe' 'nu canalone
e veco[8] sott'a n'albero piangente
'nu fuosso chino 'e prete a cuppulone[9]...
e sotto a tutto steva 'nu serpente.

– Aiuto! Aiuto! – 'O povero animale
se mettette 'alluccà[10] cu tutt' 'o sciato[11]!
Appena mme vedette: – Menu male!...
Salvatemi! I' mo moro asfessiato! –

[1] miso arrevuoto = *messo sottosopra.*
[2] n'arillo = *un grillo.*
[3] suonne = *sogni.*
[4] so' ghiuto = *sono andato.*
[5] 'o cchiù malamente = *il peggiore.*
[6] sulagno = *solitario.*
[7] mme mengo = *mi butto.*
[8] veco = *vedo.*
[9] chino 'e prete a cuppulone = *pieno di pietre.*
[10] 'alluccà = *a strillare.*
[11] sciato = *fiato.*

– E chi t'ha cumbinato 'e sta manera? –
ll'addimannaje mentr' 'o libberavo.
– È stato 'nu signore aieressera –
mme rispunnette, e ggià se repigliava.

– Si nun era pe' vvuje', i' ccà murevo.
facitave abbraccià, mio salvatore! –
Mme s'arravoglia[12] attuorno e s'astrigneva
ca n'atu ppoco mme schiattava 'o core.

Lassame! – Lle dicette – 'O vvi' ca i' moro?[13] –
E chianu chianu[14] mme mancava 'a forza,
'o core mme sbatteva... ll'uocchie 'a fore,
mentre 'o serpente chiù strigneva 'a morza!

– Chisto e 'o ringraziamento ca mme faje?
Chesta è 'a ricunuscenza ca tu puorte?
A chi t'ha fatto bbene chesto faje?
... Ca si' cuntento quanno 'o vide muorto!

– Amico mio, serpente i' songo nato!...
... Chi nasce serpe è 'nfamo e senza core!...
... Perciò t'aggia mangià! Ma t'hè scurdato
... ca ll'ommo, spisso, fa cchiù peggio ancora?!

[12] Mme s'arravoglia = *mi si attorciglia.*
[13] 'O vvi' ca i' moro? = *vedi che muoio?*
[14] chianu chianu = *piano piano.*

'A mundana

«Cammina, su, non fare resistenza!»
diceva 'o brigadiere, e 'a strascenava.
«Sta storia adda fernì, è un'indecenza!»
«Chi sa c'ha fatto» – 'a ggente se spiava.
«C'ha fatto?» – rispunnette 'nu signore.
«È 'na povera ddia... è 'na mundana.»
«E 'a porteno accussì? Gesù, che core!» –
murmuliaie Nannina «'a parulana»[1].
«Lassateme... nun aggio fatto niente!»
«E lass' 'a jì» – dicette 'nu cucchiere –
«ma vuie 'e vvedite[2] quanto so' fetiente?»
«Nce vo' 'nu core[3] a ffa' chillu mestiere.»
«Sta purtanno 'o brigante Musolino» –
se mettette alluccà[4] Peppe «'o Fravaglia»[5]:
«Si 'o ssape ll'onorevole Merlini
'o fa 'a proposta p' 'o fa' ave' 'a medaglia[6]».
Quase ogne ghiuorno, 'a povera figliola
apprufittava ca 'na carruzzella
a Nnapule scenneva d'Afragola
pe' 'nu passaggio fino 'a Ruanella.
'O nomme?[7] Nun 'o saccio[8].
Saccio sulo ca 'e ccumpagne
'a chiammaveno «'A pezzente».
Pe' sparagnà, 'a sera, dduie fasule[9],
e, spisse vote[10], nun magnava niente!

[1] 'a parulana = *soprannome per erbivendola.*
[2] ma vuie 'e vvedite = *ma voi vedete.*
[3] Nce vo' 'nu core = *ci vuole del cuore, del coraggio.*
[4] alluccà = *a strillare.*
[5] 'o Fravaglia = *soprannome di pescivendolo, Fravaglia è un pesce.*
[6] p' 'o fa' ave' 'a medaglia = *per farvi avere una medaglia.*
[7] 'O nomme? = *il nome?*
[8] Nun 'o saccio = *non lo so.*
[9] dduie fasule = *due fagioli.*
[10] spisse vote = *molte volte.*

Cu' chelle ppoche lire ch'abbuscava
aveva mantene' tutt' 'a famiglia;
e quanno 'e vvote po'... nun aizava[11],
steva diuno[12] 'o pate, 'a mamma e 'o figlio.
'O pate, viecchio, ciunco[13]... 'into a 'nu lietto
senza lenzòle, cu' 'na cupertella.
E 'a mamma ca campava pe' dispietto
d' 'a morte e d' 'a miseria. Puverella!
A piede 'o lietto, dinto a nu spurtone[14],
'na criatura janca[15] e malaticcia,
pe' pazziella[16] 'nmano 'nu scarpone
e 'na tozzola[17] 'e pane sereticcio[18].
Nun appena fuie 'ncoppa 'a Sezione,
se mettette alluccà comme a 'na pazza.
'E strille se sentevano a 'o puntone[19].
«Ch'è stato, neh? Ched'è chisto schiamazzo?
Avanti, fate entrà sta... Capinera» –
dicette 'o Cummissario a 'nu piantone.
E 'o milite, cu grazia e cu maniera,
'a votta[20] dinto cu 'nu sbuttulone[21].
«Ah! Si' tu?» – dicette 'o funzionario –
«Si nun mme sbaglio, tu si' recidiva?
Si' cunusciuta ccà a Muntecalvario.
Addò t'hanno acchiappata, neh, addò stive?[22]»
«All'angolo d' 'o vico 'a Speranzella.
Steva parlanno cu 'nu marenaro,

[11] nun aizava = *non alzava, non incassava nulla.*
[12] steva diuno = *stava a digiuno.*
[13] ciunco = *paralitico.*
[14] spurtone = *culla.*
[15] janca = *bianca.*
[16] pazziella = *giocattolo.*
[17] tozzola = *tozzo di pane.*
[18] sereticcio = *raffermo.*
[19] a 'o puntone = *fino in cima.*
[20] 'a votta = *la spinge.*
[21] sbuttulone = *spintone.*
[22] addò stive? = *dove stavi?*

quanno veco 'e passà 'na carruzzella
Cu' dinto don Ciccillo 'o farenaro[23].
Don Ciccio fa 'nu segno: "Fuitenne![24]
Curre ca sta passando 'o pattuglione".
'I dico a 'o marenaro: "Iatevenne.
Stu brigadiere 'o saccio... è 'nu 'nfamone".»
«A legge è legge» – dice 'o cavaliere –:
«nun aggio che te fa', ragazza mia.
I' te cunziglio: lassa stu mestiere,
e lievete pe' sempe 'a miezo 'a via.»
«E che mme metto a ffa', signore bello,
'a sarta, 'a lavannara, 'a panettera?
Spisso mm' 'o sento chistu riturnello.
«E truòvete 'nu posto 'e cammarera!»
«Signó', dicite overo 'o pure apposta?
Vulite pazzià?[25] E nun è umano.
V' 'a mettìsseve[26] dinto 'a casa vosta
chi... pe' disgrazia ha avuta fa' 'a puttana?!»

[23] 'o farenaro = *il venditore di farina.*
[24] Fuitenne! = *scappa!*
[25] Vulite pazzià? = *volete scherzare?*
[26] V' 'a mettìsseve = *ve la mettereste.*

Dick

Tengo 'nu cane ch'è fenomenale,
se chiama «Dick», 'o voglio bbene assaie.
Si perdere l'avesse? Nun sia maie!
Per me sarebbe un lutto nazionale.

Ll' 'aggio[1] crisciuto comm'a 'nu guaglione,
cu zucchero, biscotte e papparelle[2];
ll'aggio tirato su cu 'e mmullechelle[3]
e ll'aggio dato buona educazione.

Gnorsì, mo è gruosso. È quase giuvinotto.
Capisce tutto... lle manca 'a parola.
È cane 'e razza, tene bbona scola,
è lupo alsaziano, è poliziotto.

Chello ca mo ve conto è molto bello.
In casa ha stabilito 'a gerarchia.
Vo' bene 'a mamma ch'è 'a signora mia,
e a figliemo isso 'o tratta[4] da fratello.

'E me se penza ca lle songo[5] 'o pate:
si 'o guardo dinto a ll'uocchie mme capisce,
appizza 'e rrecchie, corre, m'ubbidisce,
e pe' fa' 'e pressa[6] torna senza fiato.

Ogn'anno, 'int'a ll'estate, va in amore,
s'appecundrisce[7] e mette 'o musso sotto.

[1] Ll' 'aggio = *l'ho.*
[2] papparelle = *caramelle.*
[3] mmullechelle = *mollichine.*
[4] e a figliemo isso 'o tratta = *e a mio figlio lo tratta.*
[5] 'E me se penza ca lle songo = *di me pensa che gli sono.*
[6] pe' fa' 'e pressa = *per far presto.*
[7] s'appecundrisce = *si intristisce.*

St’anno s’è ’nnammurato ’e na bassotta
ca nun ne vo’ sapé: nun è in calore.

Povero Dick, soffre ’e che manera!
Porta pur’isso mpietto stu dulore:
è cane, sì... ma tene pure ’o core
e ’o sango dinto ’e vvene... vo’ ’a mugliera...

Zuoccole, tammorre e femmene

Tutte hanno scritto a Napule canzone appassiunate,
tutte 'e bellezze 'e Napule so' state decantate:
da Bovio a Tagliaferri, Di Giacomo a Valente;
in prosa, vierze[1] e musica: ma chi pò ddi' cchiù niente?
Chi tene 'o curaggio 'e di' quaccosa
doppo ca sti puete[2] gruosse assaie,
d'accordo songo state a ddi' una cosa:
ca stu paese nun se scorda maie.
Sta Napule, riggina d' 'e ssirene[3],
ca cchiù 'a guardammo e cchiù 'a vulimmo bbene.
'A tengo sana sana dinto 'e vvene,
'a porto dinto 'o core, ch'aggia fa'?
Napule, si' comme 'o zucchero,
terra d'ammore – che rarità!
Zuoccole[4], tammorre[5] e femmene,
è 'o core 'e Napule ca vo' cantà.
Napule, tu si' adorabile,
siente stu core che te vo' di':
«Zuoccole, tammorre e femmene,
chi è nato a Napule nce vo' murì».

[1] vierze = *versi*.
[2] puete = *poeti*.
[3] riggina d' 'e ssirene = *regina delle sirene*.
[4] Zuoccole = *zoccoli*.
[5] tammorre = *tamburi*.

Si fosse n'auciello

Si fosse n'auciello[1], ogne matina
vurria cantà 'ncoppa 'a fenesta toja[2]:
«Bongiorno, ammore mio, bongiorno, ammore!».
E po' vurria zumpà 'ncoppa 'e capille[3]
e chianu chiano, comme a na carezza,
cu stu beccuccio accussì piccerillo,
mme te mangiasse 'e vase a pezzechillo[4] ...
si fosse nu canario[5] o nu cardillo[6].

[1] auciello = *uccello.*
[2] 'a fenesta toja = *la tua finestra.*
[3] 'ncoppa 'e capille = *sui capelli.*
[4] 'e vase a pezzechillo = *di baci a pizzicotti.*
[5] canario = *canarino.*
[6] cardillo = *cardellino.*

Ngiulina

Chisto è 'o ritratto e chiste so' 'e capille:
na ciocca 'e seta nera avvellutata.
E cheste songo 'e llettere: cchiù 'e mille;
lettere 'e 'na guagliona nnammurata.

Ngiulina se chiammava sta figliola
ch'è stata a primma nnammurata mia.
Trent'anne so' passate... Mamma mia!

'A tengo nnanze a ll'uocchie[1], pare aiere[2]:
vocca[3] 'e curallo, 'na faccella[4] 'e cera,
'nu paro d'uocchie verde, 'e cciglie nere,
senza russetto... semplice e sincera.

Teneva sidece anne e io diciotto.
Faceva 'a sartulella a 'o Chiatamone.
Scenneva d' 'a fatica mpunto ll'otto[5],
e mm'aspettava a me sotto 'o purtone.

Senza parlà, subbeto sotto 'o vraccio[6]
nce pigliavemo e ghievemo[7] a ffa' 'ammore.
Vicino 'a casa soia, ncoppa Brancaccio,
parole doce e zucchero 'int' 'o core.

Mettennoce appuiate[8] nfaccia 'o muro,
a musso a mmusso[9], tutt' 'e dduie abbracciate:

[1] 'A tengo nnanze a ll'uocchie = *la tengo davanti agli occhi.*
[2] aiere = *ieri.*
[3] vocca = *bocca.*
[4] faccella = *faccetta.*
[5] mpunto ll'otto = *alle otto in punto.*
[6] vraccio = *braccio.*
[7] ghievemo = *andavamo.*
[8] appuiate = *appoggiati.*
[9] a musso a mmusso = *muso a muso.*

dinta ’a penombra ’e n’angulillo oscuro,
quanta suspire e vvase appassiunate!

’A tengo nnanze a ll’uocchie, pare aiere:
vocca ’e curallo, na faccella ’e cera;
nu paro d’uocchie verde, ’e cciglie nere,
senza russetto... semplice e sincera.

Balcune e lloggie

Comme a na reggia, ricca e capricciosa,
ammubbigliaie sta casa 'e tutt' 'e ccose
che saccio che piacevano a sta sposa,
balcune e lloggie[1] carrecate[2] 'e rose;

ncoppa 'o buffè cunfiette e sciure 'e[3] sposa.
Ch'addore[4] 'e sciure 'arancio pe' sta casa!
Sta casa ch'addurava 'e mille rose
che festa dinto a ll'aria s'era spasa[5]!

Balcune e lloggie carrecate 'e rose.
Mo so' rimasto sulo 'into a sta casa;
mme guardo attuorno e veco tutt' 'e ccose,
ma 'a sposa nun ce stà; stà fore casa.

È morta... Se n'è ghiuta mparaviso[6]!
Pecché nun porto 'o llutto? – Nun è cosa, –
rispongo 'a ggente e faccio 'o pizzo a rriso[7],
ma dinto 'o core è tutto n'ata cosa!

[1] balcune e lloggie = *balconi e terrazzi.*
[2] carrecate = *carichi.*
[3] cunfiette e sciure 'e = *confetti e fiori da.*
[4] Ch'addore = *che odore.*
[5] spasa = *sparsa.*
[6] mparaviso = *in paradiso.*
[7] pizzo a rriso = *risatina.*

Ll'ammore

Ll'ammore è comme fosse nu malanno
ca, all'intrasatta[1], schioppa dint' 'o core
senza n'avvertimento, senza affanno,
e te pò ffa' murì senza dulore.

[1] all'intrasatta = *all'improvviso.*

Uocchie ca mme parlate

Chist'uocchie tuoie che cagneno[1]
culore ogne mumento,
so' belle quanno chiagneno[2],
so' tutto sentimento.
Si rideno s'appicciano
comme a ddoie fiamme ardente,
songo stelle lucente
ca tiene 'nfronte tu.

[1] cagneno = *cambiano.*
[2] chiagneno = *piangono.*

'A statuetta

Comme è limpida sta fronte,
purcellana trasparente,
statuetta 'e Capemonte,
comme 'o sole si' lucente!
E guardanno stu splendore
– manammé![1] – mme so' abbagliato.
S'è appicciato[2] chistu core,
e me songo annammurato.

[1] manammé! = *all'improvviso!*
[2] S'è appicciato = *s'è acceso.*

'A cunzegna

'A sera quanno 'o sole se nne trase[1]
e dà 'a cunzegna[2] â luna p' 'a nuttata,
lle dice dinto 'a recchia: «I' vaco a casa:
t'arraccumanno tutt' 'e nnammurate».

[1] se nne trase = *si ritira.*
[2] dà 'a cunzegna = *dà le consegne.*

Ammore perduto

Ammore perduto,
i' t'ero[1] truvato,
nun aggio saputo
tenerte cu mme.
Ammore perduto,
mm'ha ditto stu core
ca tarde ha saputo
tu ch'ire[2] pe mme.

[1] i' t'ero = *ti avevo.*
[2] tu ch'ire = *chi eri tu.*

'A nnammurata mia

'A nnammurata mia se chiama Ammore,
e tene ll'uocchie comme ll'acqua 'e mare.
È ddoce comme è ddoce 'a primmavera,
è tutta gentilezza, anema e core.

Core analfabeta

Stu core analfabeta
tu ll'hê purtato â scola,
e s'è mparato a scrivere,
e s'è mparato a lleggere
sultanto 'na parola:
«Ammore» e niente cchiù.

'E ccorne[1]

Ognuno 'e nuie nasce cu nu destino:
'a malasciorta[2], 'e vvote[3], va..., po' torna;
chi nasce c' 'o scartiello arreto 'e rine[4],
chi nasce c' 'o destino 'e purtà 'e ccorne.

Io, per esempio, nun me metto scuorno[5]:
che nce aggio 'a fa'[6] si tarde ll'aggio appreso?
Penzavo: sì, aggio avuto quacche cuorno,
ma no a tal punto de sentirme offeso.

È stato aiere 'o juorno, 'a chiromante,
liggènneme[7] cu 'a lente mmiezo 'a mano,
mm'ha ditto: «Siete stato un triste amante,
vedete questa linea comme è strana?

Questa se chiamma 'a linea del cuore,
arriva mmiezo 'o palmo e po' ritorna.
Che v'aggia di'[8], carissimo signore;
cu chesta linea vuie tenite 'e ccorne.

Guardate st'atu segno fatto a uncino,
stu segno ormai da tutti è risaputo
ca 'o porta mmiezo 'a mano San Martino,
'o Santo prutettore d' 'e cornute».

Sentenno sti pparole 'int' 'o cerviello
accumminciaie a ffa' mille penziere.

[1] 'E ccorne = *le corna.*
[2] 'a malasciorta = *la malasorte.*
[3] 'e vvote = *a volte.*
[4] c' 'o scartiello arreto 'e rine = *con la gobba dietro la schiena.*
[5] nun me metto scuorno = *non mi vergogno.*
[6] che nce aggio 'a fa' = *che posso farci.*
[7] liggènneme = *leggendomi.*
[8] Che v'aggia di' = *che debbo dirvi.*

Mo vaco â casa e faccio nu maciello,
pe' Ddio, aggia fa' correre 'e pumpiere.

«Ma no... Chi t' 'o ffa fa'?[9]» (na voce interna
mme suggerette). «Lieve ll'occasione[10].
'E ccorne ormai songhe[11] na cosa eterna,
nun c'è che ffa', è 'a solita canzone.

'O stesso Adamo steva mparaviso,
eppure donna Eva ll'ha traduto.
Ncoppa a sti ccorne fatte 'nu surriso,
ca pure Napulione era cornuto!»

[9] Chi t' 'o ffa fa'? = *chi te lo fa fare?*
[10] Lieve ll'occasione = *lascia correre.*
[11] songhe = *sono.*

'O schiattamuorto

I' faccio 'o schiattamuorto[1] 'e prufessione,
modestamente sono conosciuto
pe' tutt' 'e ccase 'e dinto a stu rione,
pecché quann'io manéo 'nu tavuto[2],
songo 'nu specialista 'e qualità.

I' tengo mode, garbo e gentilezza.
'O muorto mmann a me pò sta' sicuro,
ca nun ave 'nu sgarbo, 'na schifezza.
Io 'o tratto come fosse 'nu criaturo
che dice a 'o pate: «Me voglio ji' a cuccà'».

E 'o còcco luongo[3], stiso 'int' 'o spurtone[4],
pure si è viecchio pare n'angiulillo.
'O muorto nun ha età, è 'nu guaglione
ca s'è addurmuto placido e tranquillo
'nu suonno doce pe' ll'eternità.

E 'o suonno eterno tene stu vantaggio,
ca si t'adduorme nun te scite maie[5].
Capisco, pe' murí 'nce vo' 'o curaggio;
ma quanno chella vene tu che ffaie?
Nn' 'a manne[6] n'ata vota all' aldilà?

Chella nun fa 'o viaggio inutilmente.
Chella nun se ne va maie avvacante[7].
Si' povero, si' ricco, si' putente,

[1] 'o schiattamuorto = *il becchino.*
[2] manéo 'nu tavuto = *maneggio una bara.*
[3] 'o còcco luongo = *lo corico lungo.*
[4] stiso 'int' 'o spurtone = *disteso nella grande culla.*
[5] nun te scite maie = *non ti svegli mai.*
[6] Nn' 'a manne = *la rimandi.*
[7] avvacante = *a vuoto.*

’nfaccia a sti ccose chella fa ’a gnurante,
comme a ’nu sbirro che t’adda arrestà.

E si t’arresta nun ce stanno sante,
nun ce stanno ragione ’a fa’ presente;
te ll’aggio ditto, chella fa ’a gnurante...
’A chesta recchia, dice, io nun ce sento;
e si nun sente, tu ch’allucche a ffa’?[8]

’A morta, ’e vvote, è comme ll’amnistia
che libbera pe’ sempe ’a tutt’ ’e guaie
a quaccheduno ca, parola mia,
’ncoppa a sta terra nun ha avuto maie
’nu poco ’e pace... ’na tranquillità.

E quante n’aggio visto ’e cose brutte:
’nu muorto ancora vivo dinto ’o lietto,
’na mugliera ca già teneva ’o llutto
appriparato[9] dinto a ’nu cassetto,
aspettanno ’o mumento ’e s’ ’o ’ngignà[10].

C’è quacche ricco ca rimane scritto:
«Io voglio un funerale ’e primma classe!».
E ’ncapo a isso penza ’e fa’ ’o deritto[11]:
«Così non mi confondo con la massa».
Ma ’o ssape, o no, ca ’e llire ’e llasse ccà[12]?!

’A morta è una, ’e mezze songhe tante[13]
ca tene sempe pronta sta signora.

[8] ch’allucche a ffa’? = *che strilli a fare?*
[9] appriparato = *preparato.*
[10] e s’ ’o ’ngignà = *di indossarlo.*
[11] ’o deritto = *il furbo.*
[12] ca ’e llire ’e llasse ccà = *che i soldi li lasci qui.*
[13] ’e mezze songhe tante = *i mezzi sono tanti.*

Però, 'a cchiù trista è «la morte ambulante»
che può truvà p' 'a strada a qualunch'ora
(comme se dice?...) pe' fatalità.

Ormai per me il trapasso è 'na pazziella[14];
è 'nu passaggio dal sonoro al muto.
E quanno s'è stutata 'a lampetella[15]
significa ca ll'opera è fernuta[16]
e 'o primm'attore s'è ghiuto a cuccà.

[14] pazziella = *giocattolo*.
[15] s'è stutata 'a lampetella = *si è spenta la luce*.
[16] fernuta = *finita*.

Felicità

Felicità!
Vurria sapé ched'è chesta parola,
vurria sapé che vvò significà.
Sarrà gnuranza 'a mia, mancanza 'e scola,
ma chi ll'ha ntiso maje annummenà[1].

[1] ll'ha ntiso maje annummenà = *l'ha sentita mai nominare.*

'A vita

'A vita è bella, sì, è stato un dono,
un dono che ti ha fatto la natura.
Ma quanno po' sta vita è 'na sciagura,
vuie mm' 'o chiammate dono chisto ccà?

E nun parlo pe' me ca, stuorto o muorto,
riesco a mm'abbuscà 'na mille lire.
Tengo 'a salute, e, non faccio per dire,
sòngo uno 'e chille ca se fire 'e fa'[1].

Ma quante n'aggio visto 'e disgraziate:
cecate, ciunche[2], scieme, sordomute.
Gente ca nun ha visto e maie avuto
'nu poco 'e bbene 'a chesta umanità.

Guerre, miseria, famma, malatìe,
crèstiane addeventate pelle e ossa,
e tanta gioventù c' 'o culo 'a fossa.
Chisto nun è 'nu dono, è 'nfamità.

[1] uno 'e chille ca se fire 'e fa' = *uno di quelli capaci di fare.*
[2] ciunche = *storpie.*

Il fine dicitore

«Nini' Santoro, il fine dicitore,
maestro di eleganza e di maniere,
il re del music-hall, il gran signore,
debutta questa sera al Trianon.»

Guardanno 'o manifesto, chi liggeva
penzava: certo chisto è n'artistone.
Tenevemo st'attore? E chi 'o ssapeva!
Stasera stessa mm' 'o vaco[1] a ssentì.

C' 'o tubbo, 'a caramella e 'nu bucchino
d'avorio giallo, luongo miezo metro;
un fazzoletto bianco nel taschino,
ncuollo 'nu frack 'e seta blummaré.

Tutt' 'o teatro illuminato a giorno,
'na marcia trionfale comm' «Aida»,
Santoro ascette[2] e cu' 'na faccia 'e corne
pareva ca diceva: «Eccomi qua!

Mo v'aggia fa' vedé chi è Santoro,
il fine dicitore, il fantasista
ca quanno arape[3] 'a vocca caccia ll'oro,
oro colato 'e primma qualità».

'O pubblico ansioso s'aspettava:
chi sa mo ch'esce 'a vocca a stu Santoro.
Ma ch'era ascì[4]... Santoro ncacagliava[5],

[1] mm' 'o vaco = *me lo vado.*
[2] ascette = *uscì.*
[3] arape = *apre.*
[4] ch'era ascì = *che doveva uscire.*
[5] ncacagliava = *tartagliava.*

faceva smorfie, zumpe[6] e niente cchiù.

Nun fernette[7] nemmeno 'o riturnello
d' 'o primmo raccuntino d'avventure,
quann'uno arreto a me: «Santò, si' bello!».
('Ndranghete!) E allazza[8] nu pernacchio 'e nuvità.

Fuie cumm'a[9] 'nu signale 'e 'na battaglia,
mancava poco e nce scappava 'o muorto:
'e sische[10] mme parevano mitraglia.
Santoro nun putette continuà.

«Ll'artista» se facette 'a mappatella[11]:
'o frack, 'o tubbo, 'o fazzuletto bianco,
s'annascunnette pure 'a caramella.
Dicette: «Aggio sbagliato... Ch'aggia fa'?».

Trent'anne so' passate 'a chella sera
che il fine dicitore fantasista
pe' fforza avette chiudere 'a carriera
a beneficio dell'umanità.

Aiere steva scritto 'into 'o giurnale
che: *«dopo varii e lunghi appostamenti
è stato assicurato un criminale
alla Giustizia delle Autorità»*.

E chi era, neh, stu disgraziato?
Santoro... il dicitore fantasista,
ca, pe' magnà, al furto s'era dato

[6] zumpe = *salti*.
[7] fernette = *finì*.
[8] allazza = *fece partire*.
[9] Fuie cumm'a = *fu come un*.
[10] 'e sische = *i fischi*.
[11] 'a mappatella = *il fagotto*.

'o pover'ommo pe' puté campà.
Io penso che fu l'epoca sbagliata;
trent'anne fa tutto era n'ata cosa.
Oggi che il nostro gusto s'è cambiato
Santoro fosse[12] na celebrità.

[12] fosse = *sarebbe.*

Bianchina

Io stongo 'e casa a 'o vico Paraviso
tengo tre stanze all'urdemo[1] piano,
'int' 'a stagione, maneche e 'ncammisa[2],
mmocca[3] nu miezo sigaro tuscano,
mme metto for' 'a loggia a respirà.

Aiere ssera, quase a vintun'ora,
mentre facevo 'a solita fumata,
quanno mme sento areto 'nu rummore:
'nu fuja-fuja[4]... 'na specie 'e secutata[5]...
Mm'avoto[6] 'e scatto e faccio: «Chi va là?».

Appizzo ll'uocchio e veco 'a dint' 'o scuro
Bianchina, ferma nnanze a 'nu pertuso[7]
'e chesta posta![8] Proprio sott' 'o muro.
Ma dato ch'era oscuro... era confuso,
non si vedeva la profondità.

St'appustamento ca faceva 'a gatta,
a ddi' la verità, mme ncuriosette...
Penzaie: «Ccà nun mme pare buono 'o fatto:
e si Bianchina 'e puzo[9] nce ne mette,
vuol dire qualche cosa nce adda sta'».

E, comme infatti, nun m'ero sbagliato:

[1] urdemo = *ultimo.*
[2] maneche e 'ncammisa = *in maniche di camicia.*
[3] mmocca = *in bocca.*
[4] fuja-fuja = *fuggi-fuggi.*
[5] secutata = *inseguimento.*
[6] Mm'avoto = *mi volto.*
[7] nnanze a 'nu pertuso = *davanti a un buco.*
[8] 'e chesta posta! = *così!*
[9] 'e puzo = *il polso, la zampa.*

dentro al pertuso c'era un suricillo[10]
cu ll'uocchie 'a fore... tutto spaventato,
...'o puveriello nun era tranquillo,
penzava: Nun m' 'a pòzzo scapputtià[11].

Tutto a 'nu tratto 'o sorice[12] parlaie
cu 'na parlata in italiano puro:
«Bianchina, ma perché con me ce l'hai?
Smettila, via, non farmi più paura!».
Dicette 'a gata: «I' nun mme movo 'a ccà!».

«Pietà, pietà, pietà! Che cosa ho fatto?»
E s'avutaie[13] 'e botto 'a parte mia:
«Signore, per piacere, dica al suo gatto
che mi lasciasse in pace e così sia!».
«Va bene, va', Bianchì... làscelo sta!»

«Patro', trasitevenne 'a parte 'e dinto[14],
che rispunnite a ffa' mmiezzo a sti fatte?
Stu suricillo ca fa 'o lindo e pinto,
mme ll'aggia spiccià io ca songo 'a gatta,
si no ccà ncoppa che ce stongo a ffa'?»

«Va bene, – rispunnette mbarazzato –
veditavella vuie sta questione,
però ccà ncoppa nun voglio scenate;
e ricordate ca songh'io 'o padrone
e si rispetta l'ospitalità.»

«È inutile che staje dint' 'o pertuso,

[10] suricillo = *topolino.*
[11] Nun m' 'a pòzzo scapputtià = *non me la posso svignare.*
[12] 'o sorice = *il topo.*
[13] s'avutaie = *si voltò.*
[14] trasitevenne 'a parte 'e dinto = *tornatevene dentro.*

– ’a gatta lle dicette – chesta è ’a fine...
Si cride ’e te scanzà[15], povero illuso!
Hê fatto ’o cunto ma senza Bianchina...
Songo decisa e nun mme movo ’a ccà!»

«Pietà di me! Pietà, Bianchina bella!»
Chiagneva e mpietto[16] lle tremava ’a voce,
cosa ca te faceva arriccià ’a pella.
Povero suricillo, miso ’ncroce
senza speranza ’e se puté salvà!

«Va buo’, pe’ chesta vota, ’izela[17] ’a mano,
cerca d’ ’o fa’ fuì[18] stu suricillo,
chello ca staje facenno nun è umano,
te miette ’ncuollo[19] a chi è cchiù piccerillo...
Embè, che songo chesti nnuvità?»

«’O munno è ghiuto sempe ’e sta manera:
’o pesce gruosso magna ’o piccerillo
(mme rispunnette ’a gatta aiere ssera).
Pur’io aggio perduto ’nu mucillo[20]
mmocca a nu cane ’e presa[21]; ch’aggia fa’?»

«Ma cosa c’entro io con quel cagnaccio!
Anch’io ho una mammina che mi aspetta:
Gesù Bambino, più non ce la faccio!
Nella mia tana vo’ tornare in fretta;
se non mi vede mamma mia morrà!»

[15] Si cride ’e te scanzà = *se credi di cavartela.*
[16] e mpietto = *e in petto.*
[17] ’izela = *alzala.*
[18] d’ ’o fa’ fuì = *di farlo fuggire.*
[19] te miette ’ncuollo = *vai addosso.*
[20] mucillo = *micetto.*
[21] ’e presa = *da guardia.*

'O suricillo già vedeva 'a morte
e accumminciaie a chiagnere a dirotto,
o core lle sbatteva forte forte,
e p' 'a paura se facette sotto.
Mm'avoto e faccio 'a gatta: Frusta llà![22]

'A gatta se facette na resata,
dicette: «E se po' jate 'int' 'a cucina[23]
e truvate 'o furmaggio rusecato,
pecché po' v' 'a pigliate cu Bianchina?
Chisto è 'o duvere mio... chesto aggia fa'!».

In fondo in fondo, 'a gatta raggiunava:
si mm' 'a tenevo in casa era p' 'o scopo;
dicimmo 'a verità, chi s' 'a pigliava
si me teneva 'a casa chiena 'e topi?
Chiàie 'e spalle[24] e mme jette a cuccà!

[22] Frusta llà! = *pussa via!*
[23] se po' jate 'int' 'a cucina = *se poi andate in cucina.*
[24] Chiàie 'e spalle = *voltai le spalle.*

'E pezziente

All'angolo 'e via Chiaia
se mette 'nu pezzente
'e puosto tutt' 'e juorne[1],
e nun accocchie[2] niente.

Pulito, dignitoso,
nu' stenne maie 'na mana;
ll'uocchie 'nchiuvate nterra
pe' 'na jurnata sana.

'A ggente nun 'o guarda
e nun 'o ffanno apposta:
pe' ffa' chillu mestiere
nce vo' 'a faccia tosta!

Io ne cunosco a uno:
Peppino «'a Fiurella!»[3].
S' 'a fà[4] a Santa Teresa,
vicino 'a Parrucchiella.

Si 'o daje 'na cinche[5] lire
'o sango lle va stuorto,
t' 'a jetta nnanze 'e piere[6]
e arreto te fa 'e muorte[7].

Dà 'e sorde c' 'o 'nteresse,
'a sera va 'a cantina;

[1] 'e puosto tutt' 'e juorne = *al posto di tutti i giorni.*
[2] accocchie = *ricava.*
[3] 'a Fiurella! = *soprannome per mezza figura.*
[4] S' 'a fà = *se la fa.*
[5] cinche = *cinque.*
[6] nnanze 'e piere = *davanti ai piedi.*
[7] te fa 'e muorte = *ti maledice.*

tene pure ’a «seicento»,
tre cammere e cucina.

Invece chillo ’e Chiaia,
misero e vergognoso,
stanotte è muorto ’e famme,
povero e dignitoso.

'A speranza

Ogne semmana faccio 'na schedina:
mm' 'a levo 'a vocca chella ciento lire,
e corro quanno è 'o sabbato a mmatina
'o Totocalcio pe mm' 'a jì a ghiucà[1].

Cuccato quanno è 'a notte, dinto 'o lietto,
faccio castielle 'e n'aria a centenare[2];
piglio 'a schedina 'a dinto 'a culunnetta,
'a voto, 'a giro, e mm' 'a torn' 'a stipà.

Io campo bbuono tutta 'na semmana,
sultanto 'o llunerì[3] stongo abbacchiato,
ma 'o sabbato cu 'a ciento lire mmano
io torno n'ata vota a gghi' a ghiucà.

Nun piglio niente, 'o ssaccio... e che mme mporta?
Io campo sulamente cu 'a speranza.
Cu chi mm'aggia piglià si chesta è 'a sciorta[4],
chisto è 'o destino mio... che nce aggia fa'?

'A quanno[5] aggio truvato stu sistema
io songo milionario tutto ll'anno.
'A ggente mme po' ddi': – Ma tu si' scemo?
Ma allora tu nun ghiuoche pe' piglià? –

Si avesse già pigliato 'e meliune[6]
a st'ora 'e mo starrie già disperato.
Invece io sto cu 'a capa dinto 'a luna,
tengo sempe 'a speranza d' 'e ppiglià.

[1] pe mm' 'a jì a ghiucà = *per andarmela a giocare.*
[2] a centenare = *a centinaia.*
[3] 'o llunerì = *il lunedì.*
[4] 'a sciorta = *la sorte.*
[5] 'A quanno = *da quando.*
[6] 'e meliune = *i milioni.*

Il cimitero della civiltà

Aiere ha fatto ’n’anno – ’o diece ’e maggio,
’na matenata calda e chiena ’e sole, –
penzaie ’ncapo a me: «Cu che curaggio
io stamattina vaco a faticà[1]!».

Facenno ’o paro e sparo[2] mme susette[3]:
«Mo mme ne vaco ’a parte ’e copp’ ’o Campo[4]».
’Int’a ddiece minute mme vestette
cu ’e mucassine e cu ’o vestito blu.

Nun facette sparà manco ’o cannone
ca già stevo assettato ’int’ ’a cantina,
annanze a ’nu piatto ’e maccarune:
nu zito ch’affucava ’int ’o ragù.

C’ ’a panza chiena, a passo... chianu chiano
mme ne trasette dint’a ’a na campagna,
mmocca nu miezo sigaro tuscano,
ca m’ ’o zucavo[5] comme ’o biberò.

Tutto a nu tratto veco nu spiazzale
chino ’e ferraglie vecchie e arrugginite.
E ched’è, neh?... nu campo ’e residuate:
«Il cimitero della civiltà».

Nu carro armato cu ’a lamiera rotta...
trattore viecchie... macchine scassate...
n’ «Alfetta» senza ’e qquatte rote ’a sotto...
pareva ’o campusanto d’ ’a Pietà!

[1] vaco a faticà = *vado a lavorare.*
[2] ’o paro e sparo = *pari e dispari.*
[3] mme susette = *mi alzai.*
[4] ’a parte ’e copp’ ’o Campo = *dalle parti sopra il Campo.*
[5] ca m’ ’o zucavo = *che mi succhiavo.*

Guardanno a uno a uno sti ruttame,
pare ca ognuno 'e lloro mme diceva:
«Guardate ccà' cosa addiventiamo
quanno 'a vicchiaia subbentra â giuventù».

Mmiezo a sta pace, a stu silenzio 'e morte,
tutto a 'nu tratto sento 'nu bisbiglio...
appizzo 'e rrecchie e sento 'e di' cchiù forte:
«Mia cara Giulietta, come va?».

Chi è ca sta parlanno cu Giulietta?
Nmiezo a stu campo nun ce sta nisciuno...
Tu vuò vedé che l'hanno cu' ll' «Alfetta»?
Cheste so ccose 'e pazze! E chi sarrà?

Mme movo chianu chiano... indifferente,
piglio e mm'assetto 'ncopp' 'o carro armato...
quanno 'a sotto mme sento 'e di': «Accidente!...».
E chisto mo chi è?... Che vularrà?[6]

Chi ha ditto sti pparole? Chi ha parlato?
I' faccio sta domanda e zompo all'erta...
«So' io ch'aggio parlato: 'o carro armato...
Proprio addu me[7] v'aviveve assettà?

A Napule nun se pò sta' cuieto.
Aiere un brutto cane mascalzone
se ferma, addora... aiza[8] 'a coscia 'e reto,
e po' mme fa pipì 'nfaccia 'o sciassì[9].»

«Vi prego di accettare le mie scuse,

[6] Che vularrà? = *che vorrà?*
[7] addu me = *da me.*
[8] aiza = *alza.*
[9] sciassì = *chassis.*

v' 'e ffaccio a nome anche del mio paese;
Ma voi siete tedesco o Made in Usa?
E come vi trovate in Italy?»

«Sono tedesco, venni da Berlino
per far la guerra contro l'Inghilterra;
ma poi – chiàmalo caso oppur destino –
'e mmazzate[10] ll'avette proprio ccà!»

«Ah, sì... mo mme ricordo... le mazzate
ch'avisteve[11] da noi napoletani...
E quanto furon... quattro le giornate,
si nun mme sbaglio: o qualche cosa 'e cchiù?»

«Furon quattro. Mazzate 'a tutte pizze:
prete[12], benzina, sputazzate 'nfaccia...
Aviveve vedé chilli scugnizze
che cosa se facettero afferrà!»

«Caro Signore, 'o nuosto è 'nu paisiello
ca tene – è overo[13] – tanta tulleranza;
ma nun nce aimma[14] scurdà ca Masaniello
apparteneva a chesta gente ccà.

E mo mm'ite 'a scusà ll'impertinenza,
primma aggio ntiso 'e di': "Cara Giulietta".
Facitemmella chesta confidenza:
si nun mme sbaglio era st' "Alfetta" ccà?»

«Appunto, sì, è qui da noi da un mese...
'A puverella è stata disgraziata,

[10] 'e mmazzate = *i colpi.*
[11] ch'avisteve = *che aveste.*
[12] prete = *pietre.*
[13] è overo = *è vero.*
[14] nun nce aimma = *non dobbiamo.*

è capitata nmano a un brutto arnese,
...chisto nun ha saputo maie guidà.

Io mm' 'a pigliasse cu 'e rappresentante,
cu' chilli llà che cacciano 'e ppatente;
chiunque 'e nuie, oggi, senza cuntante,
se piglia 'a macchinetta e se ne va.»

«Di macchine in Italia c'è abbondanza... –
rispose sottovoce 'a puverella –
si no che ffa... po' nce grattammo 'a panza:
chillo ca vene ll'avimmo acchiappà.»

«Giulietta, raccontate qui al signore
i vostri guai» – dicette 'o carro armato.
L'«Alfetta» rispunnette a malincuore:
«Se ci tenete, li racconterò.

Come sapete, sono milanese,
son figlia d'Alfa e di papà Romeo,
per fare me papà non badò a spese;
mi volle fare bella "come il fó!".

Infatti, mi adagiarono in vetrina,
tutta agghindata... splendida... lucente!
Ero un' "Alfetta" ancora signorina:
facevo tanta gola in verità!

Un giorno si presenta un giovanotto
cu' tanto nu paccotto 'e cambiale,
io, puverella!, avette fa' 'o fagotto,
penzanno: Chi sa comme va a fernì!

Si rivelò cretino, senza gusto:

apparteneva 'a "gioventù bruciata".
Diceva a tutti quanti: "Io sono un fusto;
'e ffemmene cu mmico hanna cadé!".

Senza rispetto, senza nu cuntegno...
cambiava tutt' 'e giorne... signorina:
ci conduceva al solito convegno...
...alla periferia della città.

Chello ca cumbinava 'o giuvinotto?
Chi maie ve lo potrebbe raccontare:
io nn'aggio mantenute cannelotte[15]
'e tutte specie, 'e tutte 'e qqualità:

la signorina di buona famiglia,
'a vedova, 'a zetella 'a mmaretata...
E quanno succedette 'o parapiglia,
stavamo proprio cu' una 'e chesti ccà.

In una curva, questo gran cretino,
volle fare un sorpasso proibito,
di fronte a noi veniva un camioncino,
un cozzo, svenni, e mo mme trovo ccà».

«A nu fetente 'e chisto ce vulesse
'nu paliatone[16], 'na scassata d'osse...
Ma comme – dico i' po' – so' sempe 'e stesse
ca t'hanna cumbinà sti guaie ccà?»

«E che penzate 'e fa' donna Giulietta?»
«E ch'aggia fa'? – rispose 'a puverella –
So che domani viene una carretta,
mme pigliano e mme portano a squaglià.»

[15] cannelotte = *candele*.
[16] paliatone = *bastonata*.

«Giulietta... via, fatevi coraggio –
(dicette ’o carro armato). Io ero un “Tigre”,
il popolo tremava al mio passaggio!...
Mannaggia ’a guerra e chi ’a vulette fa’!

Io so’ cosa faranno del mio squaglio:
cupierche ’e cassarole, rubinette,
incudini, martelli, o qualche maglio,
e ’na duzzina ’e fierre pe’ stirà.»

«Io vi capisco... sono dispiaciuto...
ma p’ ’e metalli ’a morte nun esiste;
invece ’e n’ommo, quanno se n’è ghiuto,
manco ’na cafettera se po’ ffa’!»

Sarchiapone e Ludovico

Teneva diciott'anne Sarchiapone,
era stato cavallo ammartenato,
ma... ogne bella scarpa 'nu scarpone
addeventa c' 'o tiempo e cu ll'età.

Giuvinotto pareva n'inglesino,
uno 'e chilli cavalle arritrattate
ca portano a cavallo p' 'o ciardino
'na signurina della nobiltà.

Pronto p'ascì sbatteva 'e ccianfe[1] 'nterra
frieva[2], asceva[3] 'o fummo 'a dint' 'o naso,
faville 'a sotto 'e piere, 'o ffuoco! 'A guerra.
S'arrevutava tutt' 'a Sanità.

Ma... ogni bella scarpa 'nu scarpone
c' 'o tiempo addeventammo tutte quante;
venette pure 'o turno 'e Sarchiapone.
Chesta è la vita! Nun 'nce sta che ffa'.

Trista vicchiaja. Che brutto destino!
Tutt' 'a jurnata sotto a 'na carretta
a carrià lignammo[4], prete[5], vino.
«Cammina, Sarchiapò! Cammina, ààh!»

'O carrettiere, 'nfamo e disgraziato,
cu 'a peròccola[6] nmano, e 'a part' 'o gruosso[7],

[1] 'e ccianfe = *le zampe.*
[2] frieva = *friggeva.*
[3] asceva = *faceva uscire.*
[4] a carrià lignammo = *a caricare legname.*
[5] prete = *pietre.*
[6] peròccola = *bastone.*
[7] e 'a part' 'o gruosso = *dalla parte grossa.*

cu tutt' 'e fforze e ddà sotto 'o custato
'nfaccia 'a sagliuta[8] p' 'o fa' cammenà.

Â stalla ll'aspettava Ludovico,
'nu ciucciariello viecchio comme a isso:
pe' Sarchiapone chisto era n'amico,
cumpagne sotto 'a stessa 'nfamità.

Vicino tutt' 'e dduie: ciuccio e cavallo
se facevano 'o lagno d' 'a jurnata.
Diceva 'o ciuccio: «I' nce aggio fatto 'o callo[9],
mio caro Sarchiapone. Che bbuò fa'?[10]

Io te capisco, tu te si' abbelùto[11].
So' tutte 'na maniata[12] 'e carrettiere,
e, specialmente, 'o nuosto, è 'o cchiù cornuto
ca maie n'ce puteva capità.

Sienteme bbuono e vide che te dico:
la bestia umana è un animale ingrato.
Mm'hê a credere[13]... parola 'e Ludovico,
ca mm'è venuto 'o schifo d' 'o ccampa.

Nuie simmo meglio 'e lloro, t' 'o ddico io:
tenimmo core 'mpietto e sentimento.
Chello ca fanno lloro? Ah, no, pe' ddio!
Nisciuno e nuie s' 'o ssonna maie d' 'o ffa'[14].

E quanta vote 'e dicere aggio 'ntiso:

8 'nfaccia 'a sagliuta = *di fronte alla salita.*
9 I' nce aggio fatto 'o callo = *io ci ho fatto il callo.*
10 Che bbuò fa'? = *che ci vuoi fare?*
11 abbelùto = *avvilito.*
12 'na maniata = *una masnada.*
13 Mm'hê a credere = *mi devi credere.*
14 s' 'o ssonna maie d' 'o ffa' = *si sogna mai di farlo.*

«'A tale ha parturito 'int' 'a nuttata
na criatura viva e po' ll'ha accisa.
Chesto 'na mamma ciuccia nun 'o ffà!».

«Tu che mme dice Ludovico bello?!
Overo 'o munno è accussì malamente?»
«E che nne vuo' sapé, caro fratello,
nun t'aggio ditto tutta 'a verità.

Tu si' cavallo, nobile animale,
e cierti ccose nun 'e concepisce.
I' so' plebbeo e saccio tutt' 'o mmale
ca te cumbina chesta umanità.»

A sti parole 'o ricco Sarchiapone
dicette: «Ludovì, io nun nce credo!
I' mo nce vò[15], tenevo 'nu padrone
ch'era 'na dama, n'angelo 'e buntà.

Mm'accarezzava comm'a 'nu guaglione,
mme deva 'a preta 'e zucchero[16] a quadrette;
spisse se cunzigliava c' 'o garzone
(s'io stevo poco bbuono) ch'èva fa'[17]».

«Embè! – dicette 'o ciuccio – Mme faie pena.
Ma comme, tu nun l'hê capito ancora?
Si, ll'ommo fa vedé ca te vo' bbene
è pe' 'nu scopo... 'na fatalità.

Chi pe' 'na mano, chi pe' 'n'ata mano,
ognuno tira ll'acqua al suo mulino.
So' chiste tutte 'e sentimente umane:

[15] I' mo nce vò = *io fino a poco fa.*
[16] 'a preta 'e zucchero = *una zolletta di zucchero.*
[17] ch'èva fa' = *cosa doveva fare.*

Totò nella macchietta del *Bel Ciccillo*, 1928.

1930, Totò uomo di mondo.

Totò nel 1932 conobbe una bellissima ragazza di appena sedici anni, Diana Rogliani, divenuta poi sua moglie. A lei è dedicata questa fotografia del 1935: «A Diana che adoro».

Sopra e nella pagina a fronte Totò in due scene del film *San Giovanni decollato*, 1940.

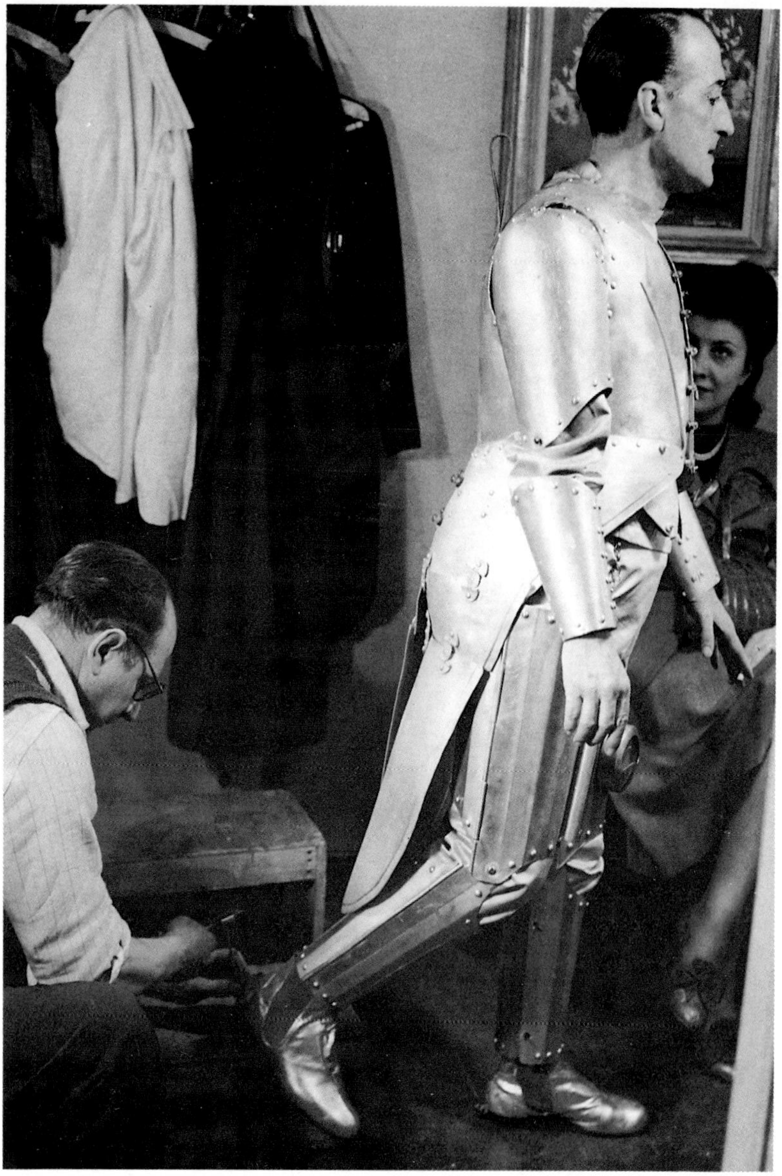

Totò si prepara a entrare in scena nella rivista *Bada che ti mangio* di cui è autore insieme a Michele Galdieri, 1949.

Totò negli anni Cinquanta in una scena del film *Napoli milionaria*.

Totò e la figlia Liliana nella casa romana di viale Parioli, 1949.

Totò in uno dei suoi film più belli, *Guardie e ladri*, del 1951.

Totò e Aldo Fabrizi in un'altra scena del film *Guardie e ladri*.

Totò e Eduardo De Filippo in una fotografia del 1956.

Totò e Yvonne Menard in una scena della rivista *A prescindere*, 1956/1957.

Totò insieme a Louis De Funés nel film *I tartassati*, 1959.

Totò durante una pausa delle riprese del film *Uccellacci e uccellini*, 1966 (da sinistra: Pasolini, Citti e Castellani).

ERO SELVAGGIO

Ancora Totò in una scena del film *Uccellacci e uccellini* dove finalmente viene riconosciuto «grande attore».

’a mmiria[18], ll’egoismo, ’a falsità.

’A prova è chesta, caro Sarchiapone:
appena si’ trasuto ’int’ ’a vicchiaia,
pe’ poche sorde, comme a ’nu scarpone,
t’hanno vennuto e si’ caduto ccà.

Pe’ sotto a chillu stesso carruzzino
’o patruncino tuio ’n’atu cavallo
se ll’è accattato proprio stammatina
pe’ ghi’ currenno ’e pprete[19] d’ ’a città.»

’O nobbile animale nun durmette
tutt’ ’a nuttata, triste e ll’uocchie ’nfuse[20],
e quanno avette ascì sott’ ’a carretta
lle mancavano ’e fforze pe’ tirà.

«Gesù, che delusione ch’aggio avuto!» –
penzava Sarchiapone cu’ amarezza.
«Sai che ti dico? Ll’aggià fa’ fernuta,
mmiezo a sta gente che nce campo a ffa’?»

E camminanno a ttaglio[21] e ’nu burrone,
nchiurette[22] ll’uocchie e se menaie abbascio[23].
Vulette ’nzerrà ’o libbro Sarchiapone,
e se ne jette a ’o munno ’a verità[24].

[18] ’a mmiria = *l’invidia.*
[19] pe’ ghi’ currenno ’e pprete = *per correre sulle pietre.*
[20] ll’uocchie ’nfuse = *gli occhi bagnati.*
[21] a ttaglio = *sul ciglio.*
[22] nchiurette = *chiuse.*
[23] se menaie abbascio = *si gettò di sotto.*
[24] a ’o munno ’a verità = *al mondo della verità.*

L'indesiderabile

Non so perché se entro in una casa
è comme fosse entrato 'o schiattamuorto.
E nun mme faccio ancora persuaso
pecché sta ggente po' mme guarda stuorto,
e sotto 'a lengua 'e ssento 'e rusecà[1].

«'Ih quanto è brutto! Pozza jettà 'o sango![2]»
«Io 'o desse[3] 'nu bicchiere 'e stricchinina!»
«Io quanno 'o veco faccio 'a faccia janca.»
«Se n'adda accattà tutte mmericine[4]!»
«Sotto a 'nu trammo mo che ghiesce 'a ccà![5]»

E nun capisco, po' pecché sta ggente
si mostra sì villana e senza classe,
che tengo 'a rogna, neh? I' so' ll'agente,
ll'agente incaricato delle tasse.
'O contribuente mm'adda rispettà'!

[1] 'e rusecà = *rosicchiare.*
[2] 'o sango! = *il sangue!*
[3] Io 'o desse = *io glielo darei.*
[4] mmericine = *medicine.*
[5] mo che ghiesce 'a ccà! = *appena esce di qui!*

DEDICATE ALL'AMORE

Cara Franca, i tuoi magnifici
occhi che tanto mi piacciono e
che ormai mi hanno ispirato
i seguenti Versi; li dedico a
te poiché ti appartengono.

Con tanto amore

Antonio

L'amore

A Franca

Ammore, ammore mio,
chist'uocchie tuoie songo ddoje feneste
aperte, spalancate 'ncopp' 'o mare;
m'affaccio e veco tutte 'e ccose care
'nfunn'a 'stu mare, verde comme l'uocchie tuoie:
e veco 'o bbene, 'o sentimento, ammore,
e assaje cchiù 'nfunno ancora
io veco chello ca tu hê dato a mme... 'o core.

Uocchie 'ncantatore

Te guardo dint' all'uocchie e veco 'o mare,
'o sole, 'a luna, 'e stelle e 'o cielo blù;
'sti dduje smeralde 'e guardo e cchiù me pare
ca 'st'uocchie belle 'e ttiene solo tu.
Songh' uocchie ca me 'ncantano,
so lluce ca m'abbagliano.
Metteno dint' all'anema,
'mpietto, nu desiderio
'e t'abbraccià, t'astregnere,
vasà 'sta vocca 'e zucchero.
Ammore mio magnifico
i' me vulesse perdere... stanotte 'mbraccio a tte!

Uocchie ca me parlate

(canzone)

I.

Chist'uocchie tuoie che cagnano
culore ogne mumento
so' belle quanno chiagneno,
so' chine 'e sentimento,
comm' a ddoje fiamme ardente
songo stelle lucente
ca tiene 'nfronte tu!

Rit.

Uocchie ca me parlate,
dicitencello a chi ve tene 'nfronte
ca quanno me guardate
me sbatte 'o core 'mpietto comm' a cche...
Uocchie ch'annamurate,
vuie site 'a luce 'e tutta 'a vita mia...
dicitelo a Maria
ca senza 'e 'st'uocchie nun pozzo campà!

II.

Chist'uocchie tuoie ca parlano
direttamente ô core
parole ca 'ncatenano, sulo parole amare,
chist'uocchie ca 'ncatenano
comme te 'ncanta 'o mare,
songo ddoje cose rare,

chesti ddoje luce blù!

Fin.

. . . .

Chist'uocchie tuoie me parlano
direttamente ô core.

'Ncantesimo

Te guardo tutt' 'o juorno e sò 'ncantato
guardannete 'sti mmane... sti capille,
'sta vocca rossa comm' 'a nu granato,
chist'uocchie nire ca sò ddoje scintille,
l'avorio 'e chesti spalle avvellutate,
e sta vetella 'e vespa ntussecosa.
'O ssaccio, ch'aggia fà... mme sò mbriacato,
mme sò mbriacato pe' 'sti belli ccose!

'A cchiù bella

Tu sì 'a cchiù bella cosa
ca tene stu paese,
tu sì comm' a 'na rosa,
rosa... rosa maggese.
'Sti ccarne prufumate
me metteno 'int' 'o core
comme fosse l'essenza,
l'essenza 'e chist'ammore.

'O piso

Si metto int' 'a valanza
stu bbene ca te voglio,
semplice e genuino
carnale e senza 'mbruoglio,
schiuppato 'int'a 'stu core
cu' tutt' 'o sentimento,
crisciuto cu' ll'ammore
appassiunatamente:
nun t'aggio ditto ancora?...
Pesa tre tunnellate
e nu quintale 'a fora!

L'ammore avess' 'a essere

L'ammore avess' 'a essere
'na cosa fatta 'e zucchero,
'na cosa doce e semplice
tutta sincerità.
Duje piette ca suspirano,
ddoje vocche ca se vasano,
duje core ca se fonneno
fino all'eternità.

Statuina a Francesca

Tu sì a cchiù bella 'e tutt' 'e principesse,
'e tutt' 'e principesse sì 'a riggina.
Pe' tutt' 'a vita addenucchiato io stesse
a cuntemplà 'sta grazia accussì fina.

Tu femmena nun sì, tu sì 'na fata
'mpastata 'e latte, purcellana e rrose,
'sta pella è d'alabbastro avvellutata...
(Perdoname si dico chesti ccose.)

'Ncopp' a 'sta vocca fatta cu' 'e ccerase,
e 'ncopp' a chesta massa 'e seta nera
ca tiene pe' capille, quanta vase
io nce vulesse dà... matina e sera.

Chist'uocchie tuoie chin' 'e malincunia
ca tiene 'nfronte songo comm' a ll'esca,
songh'uocchie ca me fanno ascì 'mpazzia.

'St'anema mia s'addorme 'a notte e sonna
sunnanno 'e te, nun te chiamma Francesca;
ma saie comme te chiamma a tte? MADONNA!

[*Nu juorno all'intrasatta...*]

Nu juorno all'intrasatta
sentette 'e tuzzulià 'ncopp' a 'stu core:
– Mò chi sarà ca vene a tuzzulià proprio a chest'ora
a mme ca nun aspetto cchiù a nisciuno... –
... E allora?
Allora addimannaje: – Chi è? –
'Na voce gentile rispunnette:
– Faciteme trasì. Cerco ospitalità –
– 'O nomme aggia sape' –
– Me chiammano Violetta –
Subbeto spalancaje 'a porta 'e chistu core
pe' fa trasi' 'stu sciore,
'stu sciore delicato, 'stu sciore appassiunato.
Appena isso trasette, 'a porta se 'nzerraje,
nun s'arapette cchiù,
cchiù pe' nisciuno...
... maje.

[*'A passiona mia erano 'e rrose...*]

'A passiona mia erano 'e rrose,
sultanto 'e rrose rosse.
'Stu sciore m'era amico...
'stu sciore me diceva tanti ccose,
ma nun m'ha ditto maje
ca steve n'atu sciore comm'a tte.
Forse pe' ggelusia:
penzanne ca vedennete
i' mme scurdavo d'essa,
mm'annammuravo 'e te.
E comme infatti è overo, accussì è stato:
appena t'aggio vista, me songo 'nnammurato!
E mmò pe tutt' 'a vita,
'nfilato 'int' all'occhiello d' 'a giacchetta
porto sempe cu' mme... 'na margarita!

'A femmena

'A femmena è 'na bella criatura
e quase sempe è ddoce comm' 'o mmele;
ma ê vvote chistu mmele pe' sventura,
perde 'a ducezza e addeventa fele.

Esempio

Pe' mme la donna è comme 'a mascatura:
pe' farla funzionà nce vò 'o chiavino.
Senza 'o chiavino tu può stà sicuro,
fa 'a ruggine e nun haje cchiù che ne fà!...

Che me manca!

I' tengo 'e llire, nun me manca niente,
me pozzo accattà chello ca me piace:
'na statua d'oro, nu vapore argiento...
palazze, ville... case in quantità.

– Chi è cchiù felice 'e te?! – mme dice 'a ggente.
– Sì ricco, sì guaglione... che te manca? –
E chest'è overo, nun me manca niente.
Sulo 'na cosa mme vurria accattà...

Nu core... tutto core 'e tennerezza
ca me vulesse 'na muntagna 'e bbene...
ca me sbattesse 'mmano p' 'a priezza,
cuntento pe' mme dà 'a felicità.

Dipende 'a me; nun voglio aspettà ancora.
Tuzzuliaje â porta 'e 'na figliola:
– Che t'aggia dà pe' m'accattà 'stu core?
Qualunque prezzo, dì, che t'aggia dà? –

Me rispunnette cu' bella maniera:
– 'O core nun se venne... se riala...
crediteme, ca io ve sò sincera...
cu' 'e llire 'o core nun se pò accattà! –

La donna

Chi l'ha criata è stato nu grand'ommo
nun 'o vvoglio sapé, chi è stato è stato;
è stato 'o Pateterno? E quanno, e comme?
Ch'avite ditto? 'O fatto d' 'a custata?
ma 'a femmena è 'na cosa troppo bella,
nun 'a puteva fà cu' 'a custatella!
Per carità, non dite fesserie!
mò v' 'o ddich'io comm' è stata criata:
è stato nu lavoro 'e fantasia,
è stata 'na magnifica truvata,
e su questo non faccio discussione;
chi l'ha criata è gghiuto 'int' 'o pallone!

'E duje 'nnammurate

For' 'o balcone tengo 'na cajola
cu' dinto nu canario 'ncardellato,
che canta tutt' 'o juorno a squarciagola
pecché 'st'aucelluzzo è 'nnammurato
'e 'na canaria bionda comm' a ll'oro,
comm' 'e capille d' 'a padrona soja;
e io pure pe' 'sta bionda me ne moro
e canto appriesso a isso... ch'aggia fa??!

E tutt' 'e dduje cantammo inutilmente
isso «Volare» e io «Anema e core».
Ma 'sta signora bionda è indifferente
e nun 'o vvò capì ca mme ne moro.
Pure 'a canaria fa comm' 'a padrona,
e 'st'aucelluzzo mio sta ascenno pazzo...
'E vvote po', si canta, piglia e stona
e i' stono appriesso a isso... ch'aggia fa??!

Pe' sta' vicino a tte

Vulesse addeventà nu barbuncino:
uno 'e chilli canille nire e riccie
ca siente 'e dì p' 'a strada: «Che carino!...
sembra un batuffolino... nu capriccio».

E me nfezzasse dint' 'a na vetrina
d' 'o primmo magazzino ca truvasse;
e tu, passanno 'a lla' ogni matina,
te ncapricciasse 'e me e m'accattasse.

Io già me veco cu nu cullarino
tutto ndurato cu ddoje campanelle
sdraiato appiede a tte 'ncopp' 'o cuscino:
p' 'a gioia, cchiù nun ce stesso dint' 'a pella!

E quanno pò tu me pigliasse mbraccio,
dicenneme parole azzuccuselle,
io t'alleccasse 'e mmane, l'uocchie e 'a faccia
sbattenno 'e zampe, 'e rrecchie e 'sta curella.

Pe' sta' sempe cu tte matina e sera
nun me 'mpurtasse 'e fà sta vita 'e cane!
Vicino a tte t' 'o giuro 'e 'sta manera
vulesse bbene pure ô acchiappacane!

All'intrasatta...

L'ammore è 'na jurnata 'e sole
ca schioppa all'intrasatta dint' 'o core.
E 'o sole mio si tu!...
Schiuppanno all'intrasatta dint' 'a 'stu core
hê dato vita nova a chesta vita;
l'essenza prufumata 'e 'na viola
e ll'uocchie appassiunate 'e Margarita.

Donna Amalia

V'aggia spià 'na cosa Donn'Amà:
vurria sapé pecché quanno ve veco,
'a capa mia nun pò cchiù raggiunà.
Si me parlate, 'mpietto 'a voce vosta,
m'arriva comme 'n'arpa, nu viulino;
quanno rerite sento e manduline:
'na sinfunia 'e Betove e di Sciopè.
Che v'aggio ditto... niente Donn'Amà!
Quanno cu st'uocchie vuoste me guardate,
me sento tutto 'o sango e friccecà.
'O core fà 'na sosta, nun cammina;
me dice chiano chiano sottavoce:
– Dincello a Donn'Amalia...
è bella, è ddoce!...
i' tengo 'o desiderio 'e ma spusà. –

L'acquaiola

Ogni matina scengo a Margellina,
me guardo 'o mare, 'e vvarche e 'na figliola
ca stà dint'a nu chiosco: è n'acquaiola.
Se chiamma Teresina,
si e no tene vint'anne,
capille curte nire nire e riccie,
'na dentatura janca comm' 'a neve,
'ncuollo tene 'a salute 'e 'na nutriccia
e 'na guardata d'uocchie
ca songo ddoje saette,
so' fulmine, so' lampe, songo tuone!
E i' giuro e ce scumetto
ca si resuscitasse Pappagone,
muresse cu' 'n 'nfarto
guardanno 'sta guagliona.
Essa ha capito ca i' so' nu cliente
ca e ll'acqua nun me ne 'mporta proprio niente
e me l'ha ditto cu' bella maniera:
«Signò, cagnate strada... cu' mme sta poco 'a fa';
se chiamma Geretiello... è piscatore.
Fatica dint' 'a paranza 'e don Aniello».
Ma i' niente, tuosto corro ogni matina,
me vevo ll'acqua...
e me 'mbriaco comme fosse vino.

Essa

Me sceto â matina
cu ll'uocchie te cerco addò staje; duorme...
vicino a me a suonno chino
te guardo: si' bella!
Cu' st'uocchie nchiuse,
cu' 'stu pizzo 'a riso
si tale e quale a 'n angelo
che sonna 'o paraviso.

'A cchiù sincera

Tengo 'na 'nnammurata
ca è tutt' 'a vita mia.
Mò tene sittant'anne, povera mamma mia!
Cu chella faccia 'e cera,
sotto 'e capille janche,
me pare 'na sant'Anna
cu ll'uocchie triste e stanche.
Me legge dint' 'o penziero,
me guarda e m'anduvina
si tengo nu dulore,
si tengo quacche spina...

La vita

[*'A vita è ingiusta...*]

'A vita è ingiusta pecché è fatta a scale.
Ognuno sta piazzato a nu scalino,
ma 'sti scalini nun so' tutte eguale:
so' state predisposte da 'o destino
ch'ha regolato chesta umanità.

'O sole

Io songo nato addò sta 'e casa 'o sole.
'O sole me cunosce 'a piccerillo;
'o primmo vaso 'nfronte – ero tantillo –
m'ha dato quanno stevo 'int' 'o spurtone.
E m'ha crisciuto dint' 'e braccia soje,
scanzanname 'a malanne e malatie.
'O sole! 'O sole... è tutt'a vita mia...
Io senza 'o sole nun pozzo campà.

Ma che dulore!

State a sentì, ve voglio di' 'na cosa,
ma nun m'aita chiammà pò scustumato;
chello ca v'aggia di' è 'na quaccosa
ca i' penso che vvuje ggià nn'ite parlato.

'Sta cusarella è ccosa ca sta' a cuore
a tuttequante nuje napulitane:
sentennela 'e struppià, ma che dulore,
p'arraggia 'e vvote me magnasse 'e mmane!

Ma nun è proprio chisto l'argomento,
si 'a 'nguaiano o no la povera canzone...
Sanno parlà sultanto 'e tradimento!
'A verità, 'stu fatto m'indispone.

'Na vota se cantava «'O sole mio»,
«Pusilleco... Surriento... Marechiaro»,
«'O Vommero nce stà 'na tratturia...»
«A purpe vanno a ppesca cu' 'e llampare...»

Chelli parole 'e 'sti canzone antiche,
mettevano 'int' 'o core 'n'allerezza;
chesti pparole 'e mò?... Che ffà...V' 'o ddico?
Nun è pe' criticà: sò na schifezza!

«Torna cu' mme... nun 'mporta chi t'ha avuta...»
«'O ssaccio ca tu ggià staje 'mbraccio a n'ato...»
«Stongo chiagnenno 'a che te ne si' gghiuta...»
«Che pozzo fà s'io songo 'nnamurato...»

Mettimmece 'na pezza, amici cari,
e nun cantammo cchiù: «Tu m'hê traduto».
Sentenno 'sti ccanzone, a mme me pare,
'e sta' a sentì 'o lamiento d' 'e curnute!

Il dramma di Don Ciccio Caccavalle

’O terzo piano, ’int’ ’o palazzo mio,
a pporta a mme sta ’e casa ’na famiglia,
ggente per bene... timorata ’e Ddio:
marito, moglie, ’o nonno e quatte figlie.

’O capo ’e casa, ’On Ciccio Caccavalle,
tene ’na putechella ’int’ ’o Cavone:
venne aucielle, scigne e pappavalle,
ma sta sempe arretrato c’ ’o pesone.

’E chisti tiempe ’a scigna chi s’ ’a compra?!
Venne ogni morte ’e papa n’auciello;
’o pappavallo è addiventato ’n’ombra,
nun parla cchiù p’ ’a famma, ’o puveriello!

’A moglie ’e Caccavalle, Donn’Aminta,
è una signora con le mani d’oro:
mantene chella casa linda e pinta
ca si ’a vedite è overo nu splendore.

’O nonno, sittant’anne, malandato,
stà segregato dint’a nu stanzino:
’O pover’ommo stà sempe malato,
tene ’e dulure, affanno e nun cammina.

E che bbuò fa! Nce vonno ’e mmedicine,
’a fella ’e carne, ’o ppoco ’e muzzarella...
Magnanno nce ’o vuò da’ ’o bicchiere ’e vino
e nu tuscano pe’ ’na fumatella?

’A figlia, Donn’Aminta, notte e ghiuorno
fa l’assistenza al caro genitore;
trascura ’e figlie e nun se mette scuorno,
e Don Ciccillo stà cu’ ll’uocchie ’a fora.

Don Ciccio Caccavalle, quanno è 'a sera
ca se ritira, stà sempe ammurbato
pe' vvia d' 'o nonno ('o pate d' 'a mugliera),
e fa: – Che ddiece 'e guaio ch'aggio passato –.

Fra medicine, miedece e salasse
'o pover'ommo adda purtà 'sta croce.
Gli affari vanno male, non s'incassa,
e 'o viecchio nun è carne ca lle coce.

E chesto è overo... 'On Ciccio sta nguaiato!
Porta sul'isso 'o piso 'ncoppa 'e spalle;
'o viecchio nun'è manco penzionato
e s'è appuiato 'ncuollo a Caccavalle.

'O viecchio no... nun vò sentì raggione.
Pretenne 'a fella 'e carne, 'a muzzarella...
'A sera pò, chello ca cchiù indispone:
– Ciccì, mme l'hê purtata 'a sfugliatella? –

Don Ciccio vò cunvincere 'a mugliera,
ca pure essendo 'a figlia, ragiunasse:
– 'O vicchiariello soffre 'e 'sta manera...
è meglio ca 'o Signore s' 'o chiammasse! –

E infatti Caccavalle, ch'è credente,
a San Gennaro nuosto ha fatt' 'o vuto:
– Gennà, si 'o faje murì te porto argiento!...
'sta grazia me l'hê fà... faccia 'ngialluta! –

Ma Caccavalle tene 'n'attenuante,
se vede ca nun naviga 'int' 'a ll'oro...
Invece io saccio 'e ggente benestante
che tene tant' 'e pile 'ncopp' 'o core!

'A 'mmasciata

Nu caro amico dice a n'ato amico:
– Pe' mezza toja me songo appiccecato.
Tu vuò sapé cu' cchi? No, nun t' 'o ddico.

Statte tranquillo, l'aggio sistemato.
Afforza 'o vvuò sapé? E mò t' 'o ddico,
ma tu nun 'o cunusce, è n'imbecille.
'Na vota s' 'a faceva 'int' a stu vico,
mò pare ca stà 'e casa a Via dei Mille.

Ch'ha ditto? Niente... L'aggio sistemato.
Mò nun s'azzarda cchiù a fà 'o fetente.
Ha ditto ca tu sì nu disgraziato;
ma nun 'o dà importanza, è n'ommo 'e niente.

E ch'ato ha ditto? 'E solde nun se fanno
onestamente senza n'espediente,
si 'a ggente parla, ride, è pecché sanno
comme te l'hê accattata 'a milleciento...

che ssaccio, ca mugliereta ch'ha fatto,
ca tu te stive zitto, ire cuntento,
ca te 'mparaste pure a ffà 'o distratto
e doppo t'accattaste appartamento.

Sentenno 'sti parole, tu mme saje,
'o sango â parte â capa m'è sagliuto:
Che faccio? Accido a chisto... 'o passo 'o guaio...
Sentenno 'e dì ca sì pure curnuto,

nun ce aggio visto cchiù: l'aggio 'nchiantato
senza le dà nemmanco 'a bonasera.
'Sta lezione se l'ha mmeretata:

’nfaccia a ’sti ccose io songo assaje severo! –

Aprite ll’uocchie si n’amico vuosto
ve vene a raccuntà ca v’ha difeso
’a quacche malalengua: è ’stu cagliostro
ca isso stesso ve vò fa l’offesa.

E quante nce ne stanno ’e chiste amice
ca songo «cari amici»... e nun è overo.
Guardatele ’int’ ’a ll’uocchie... sò felice
quanno fanno vedè ca sò sincere.

’A nonna mia, vicchiarella e saggia,
diceva sempe: – Nce stà ’o ditto antico:
Chi ’mmasciata te porta, vance adagio,
ca ’ngiuria te vò fa... e nun è amico –.

Calannario

Mò accumencia l'anno nuovo,
è Jennaro, ch'alleria!
Cu' 'a speranza e 'a fantasia,
tu te pienze ca chist'anno
forse è cchiù meglio 'e chill'ato...
quanno è â fine t'hê sbagliato.

A Febbraio nce stà 'o viglione:
chi se veste d'arlecchino,
pulcinella o colombina...
e me fanno tanta pena
chesti ggente cu' 'sti facce:
ma songh'uommene o pagliacce?!

Quanne vene 'o mese 'e Marzo
pure 'e ggatte fanno ammore,
ch'aggia fa? me guardo a lloro?
'Mmiezo 'e grade cu' 'a vicina,
faccio un'anema e curaggio
e m'acchiappo nu passaggio.

Comme è ddoce 'o mese Abbrile,
tutta ll'aria è profumata!
P' 'e ciardine quanno è 'a sera
cu' 'na femmena abbracciata,
musso e musso, core e core...
tutta smania e tutto ammore.

Quant'è bello 'o mese 'e Maggio
quanno schioppano 'sti rrose!
Che prufumo 'int'a 'stu mese
pe' Pusilleco addiruso!
Stongo 'nterra o 'mParaviso

quanno tu staje 'mbraccio a mme?

Quanno è Giugno la stagione
vene e trase chianu chiano:
s'ammatura pure 'o ggrano,
s'ammatura tutte cose...
Pure 'a femmena scuntrosa
tu t' 'a cuoglie cu' nu vaso.

Quanno è Luglio 'mmiezo 'o mare,
'ncopp' 'a spiaggia, 'nterra 'a rena
mamma mia, quanta sirene!
Io cu ll'uocchie m' 'e magnasse;
guardo a chesta, guardo a chella,
ma pe' mme tu sì 'a cchiù bella!

Quanno è Austo che calore!
Io nun saccio che me piglia...
Chistu sole me scumpiglia!
E te guardo cu' passione:
volle 'o sango dint' 'e vvene
e nisciuno me trattene.

È chest'aria settembrina
ca te mette dint' 'e vvene
tanta smania 'e vulè bbene!
Nu suspiro, ciente vase,
mille cose e 'o desiderio
ca 'st' ammore fosse serio.

Vene Uttombre, 'int' 'a 'stu mese
ll'aria è fresca p' 'a campagna.
Chisto è tiempo d' 'a vennegna,
si t'astrigne a 'na cumpagna
zittu zittu dint' 'a vigna,

nun se lagna e lassa fà.

Chiove, nebbia, scura notte.
'Stu Nuvembre porta 'mpietto
nu ricordo fatto a llutto:
nu canisto 'e crisanteme...
chistu sciore, che tristezza,
mette 'ncore n'amarezza!

A Natale, 'o zampugnaro,
'e biancale, 'e spare, 'e bbotte,
'o presebbio a piede ô lietto.
Quann'è 'mpunto mezanotte
cu' muglièreta tu miette
'o Bambino dint' 'a grotta...

Riflessione

’A verità vurria sapé che simme
’ncopp’ a ’sta terra e che rappresentamme:
gente e passaggio, furastiere simme;
quanno s’è fatta ll’ora ce ne jammo!

Napule, tu e io

Io voglio bene a Napule
pecché 'o paese mio
è cchiù bello 'e 'na femmena,
carnale e simpatia.
E voglio bene a te
ca si napulitana
pecché si comm'a me
cu tante 'e core mano.
Saje scrivere, saje leggere
parole 'e passione;
saje ridere, saje chiagnere
sentenno 'na canzona.
Napule, tu e io...
simme tre 'nnammurate:
simmo 'na cosa sola,
gentile e appassiunata.
Nuie simmo 'e figlie e Napule,
Vommero, Margellina:
quanno se dice «Napule»
s'annomena 'a riggina!

Chi è ll'ommo?

Nun songo nu grand'ommo
nun songo nu scienziato.
'A scola nun sò gghiuto
nisciuno m'ha mannato.
S' i' songo intelliggente?
e m' 'o spiate a mme?
I' songo nato a Napule,
che ne pozzo sapé?!
Appartengo alla massa...
a chella folla 'e ggente
ca nun capisce proprio 'o riesto 'e niente.
Però ve pozzo dicere 'na cosa:
campanno notte e ghiuorno a 'stu paese
pur' i' me so' 'mparato quacche cosa,
quaccosa ca se chiamma umanità.
Senza sapé né leggere e né scrivere,
da onesto cittadino anarfabbeta,
ve pozzo parlà 'ncopp' a 'n argomento
ca certamente ve pò interessà:
chi è ll'ommo.
Ll'ommo è nu pupazzo 'e carne
cu sango e cu cerviello
ca primma 'e venì al mondo
(cioè 'ncopp' a 'sta terra)
madre natura, ca è sempre priviggente,
l'ha miso 'nfunno 'a ll'anema,
cusuto dint'o core, 'na vurzella
cu dinto tante e tante pupazzielle
che saccio: 'o mariunciello,
'na strega 'e Beneviento,
nu scienziatiello atomico
cu 'a faccia indisponente,
nu bello Capo 'e Stato

vestuto 'a Pulcinella;
curtielle, accette, strummulo
e quacche sciabbulella.
Penzanno ca 'o pupazzo
nu juorno se fà ommo,
si se vò divertì,
chesto 'o ppò fà. E comme?
Sceglienno 'a dint' 'o mazzo
ca tene dint' 'a vurzella,
chello ca cchiù lle piace
fra tutte 'e pazzielle.
Si po' sentite 'e dicere:
«'O tale hanno arrestato!».
Era uno senza scrupolo:
pazziava al peculato.
E trene nun camminano?
'A posta s'he fermata?
Chi tene mano 'o strummolo,
pazzianno s'he spassato.
'O scienziatiello atomico
ch' 'a bomba 'a tena stretta
«Madonna!» – tremma 'o popolo –
«E si mò chisto 'a jetta?»
Guardate che disgrazia
si 'a sciabbulella afferra
nu capo ca è lunatico:
te fa scuppià 'na guerra.
Senza penzà ca 'o popolo:
mamme, mugliere e figlie,
chiagneno a tante 'e lacreme.
Distrutte sò 'e famiglie!
A 'sti pupazze 'e carne affocaggente
l'avessame educà cu 'o manganiello,
oppure, la natura priviggente,
avess' 'a fa turnà nu Masaniello.

Ma ’e ccose no... nun cagnano
e vvo dich’ i’ ’o pecché:
nuie simme tanta pecure...
facimmo sempe «mbee».

La società

«Signò m'aita scusà... i' songo 'e fore;
'o saccio nun capisco... sò cafone;
però vurria sapé
ched' è 'sta confusione?

'Sti strille, chesta gente... e chillu carruzzone.
E chilli tre guagliuni
miezo a lli guardie cu' e fucile armate
ca 'e porteno 'ncatena ammanettate.

Chi songo? Tre assassini?
Tre briganti 'e via Nova?
Tre carnette 'e malaspina?
Chi songo... e ch'anno fatto?»

«Niente di tutto questo, amico caro.
Sono tre ladri, come vedi è chiaro.
Li portano in prigione ammanettati,
perché la Società li ha giudicati.»

«S'avettano arrubbà nu miliardo,
che saccio... un patrimonio...»
«Un miliardo? No, non dir sciocchezze!
Rubaron, sì, ma delle frivolezze:
mi pare, da una sporta, qualche mela.
Il gioco non valeva la candela.»

«Signò m'aita scusà... i' songo 'e fora;
'o saccio nun capisco... sò cafone;
e quanto l'hanno date?
e quanto hanno scuntà?»

«Un anno e quattro mesi, se non sbaglio.

Infatti la faccenda passò al vaglio
d'un giudice severo e molto irato,
perché quel furto lo trovò aggravato.»

«'A faccia d' 'o saciccio!
E chesto è tutto?
Signò pe' quacche mela...
ma ch'erano presutte?»

«Io penso che prosciutti o non prosciutti
la legge è legge ed è ugual per tutti.
La Società esige la condanna,
per chi la buona fede altrui inganna.»

«Ah sì! chesto è overo,
è santa verità;
'a legge è legge e s'adda rispettà.
Signò, ma spisso 'o cane mozzeca 'o stracciato.

E quacche vota 'a legge putesse fa' 'a cecata!
E mò m'aita scusà... i' songo e fora
e nun saccio parlà, ve l'aggio ditto già;
ma c' 'o permesso vuoste, vurria sapé chi site.»

«Ancora tu non m'hai riconosciuto?
Ma allora tu sei un socio sprovveduto.»

«Signò, mo nun capisco...
che vò significà?
Sò addeventato socio?
'e quale società?»

«La Società Umana... quella nostra.
tutti apparteniamo a questa giostra.
È Società simbolica,

libera e democratica.»

«Ah no! Mi dispiace signor mio!
Chello ca i' penzo 'e vuie,
'o sape sulo Ddio!
Umana avite ditto?

Allora nuie mannammo,
senza penzà, 'ngalera
a che se more e famma?
Chesta è 'na fetenzia... nun è democrazia!

Spiegateme 'na cosa:
Chi ha fatto chesti leggi scustumate,
ca pe' chi tene famma
'a pena s'è aggravata?»

«Noi della Società demmo il mandato
col nostro voto a qualche deputato.»

«Ma allora 'a colpa è 'a nosta?
Nuie aimma jì, 'ngalera!
Tenimmo 'a faccia tosta
e la cuscienza nera.

'A famma 'o ssaje ched'è?
'na brutta malattia:
da 'o fuoco a nu governo, te cagna 'a geografia,
pò scancellà 'na storia, distrugge 'a munarchia.

Pò capità 'e vedè 'ncopp' 'a 'na barricata,
chill'ommo a panza chiena
ca primma ha cundannato,
cu 'na scuppetta mano ca spara scuppettate!»

FILM GIRATI DA TOTÒ DAL 1937 AL 1967

Pubblichiamo l'elenco completo dei film girati da Totò dal 1937 al 1967. In 31 anni di attività egli prese parte, come protagonista assoluto o in episodi, a ben 97 film che hanno richiamato 270 milioni di spettatori e dato un incasso, al valore attuale dei prezzi del biglietto d'ingresso ai cinema, pari a mille miliardi 798 milioni. Una cifra astronomica che dimostra quanto Totò sia stato seguito e amato in vita. La televisione, proiettando e riproiettando i suoi film, ha operato il miracolo di far amare Totò anche da coloro che, nati dopo la sua morte avvenuta nel 1967, non avevano avuto la possibilità di conoscerlo e seguirlo nelle sale cinematografiche dove vengono proiettati soltanto film prodotti da pochissimi anni.

Nel prospetto, oltre il titolo del film e la data della sua presentazione nei cinema, sono indicati il regista e alcuni degli interpreti principali, l'incasso realmente acquisito nelle sale cinematografiche e la sua rivalutazione in base al prezzo del biglietto praticato nei cinema nel 1990/91. Il prospetto è completato dal numero medio di spettatori di ciascun film.

Non abbiamo potuto pubblicare gli incassi degli spettatori dei cinque film interpretati da Totò prima della guerra, e cioè dal 1937 al 1943, perché non esistono più i dati relativi a quel periodo.

Infine abbiamo completato il lungo elenco con una «Hit Parade» dei 10 film di maggior incasso, così da consentire ai nostri lettori di conoscere quali sono stati – nella sua lunga carriera – i film più graditi dal pubblico.

I 97 FILM INTERPRETATI DA TOTÒ DAL 1937 AL 1967
Incassi «rivalutati» sulla base dei prezzi medi praticati nei cinema nel biennio 1990/91.

Titolo	Anno	Regista	Altri interpreti	Incasso reale	Incasso rivalutato	Spettatori
Fermo con le mani	1937	Gero Zambuto	Erzi Paal	Non reperibile	—	—
Animali pazzi	1939	C.L. Bragaglia	Lilia Dale, Luisa Ferida	"	—	—
San Giovanni decollato	1940	Amleto Palermi	T. De Filippo, S. Jachino, Fr. Coop	"	—	—
L'allegro fantasma	1940	Amleto Palermi	Fr. Coop, Elli Parvo, Paolo Stoppa	"	—	—
Due cuori tra le belve (Totò nella fossa dei leoni)	1943	G.C.Simonelli	Vera Carmi, E. Glori, A. Bragaglia	"	—	—
Il ratto delle sabine	1945	Mario Bonnard	Clelia Matania, C. Campanini, M. Castellani	"	—	—
I due orfanelli	1947	Mario Mattoli	C. Campanini, Franca Marzi, N. Bernardi	170.300.000	16.706.430.000	2.365.278
Totò al Giro d'Italia	1948	Mario Mattoli	Isa Barzizza, Giuditta Rissone, W. Chiari	299.000.000	24.518.000.000	3.490.544
Fifa e arena	1948	Mario Mattoli	Isa Barzizza, M. Castellani, Franca Marzi	391.000.000	32.062.000.000	4.564.558
Yvonne la Nuit	1949	Giuseppe Amato	Olga Villi, F. Latimore, G. Cervi	236.400.000	17.375.400.000	2.462.500
L'Imperatore di Capri	1949	Luigi Comencini	Yvonne Sanson, Marisa Merlini, G. Benti	436.500.000	32.082.750.000	4.546.875
Totò cerca casa	1949	Steno e Monicelli	A. Mangini, A. Tieri, Marisa Merlini	515.000.000	37.852.500.000	5.364.584
Totò le Mokò	1949	C.L. Bragaglia	Carla Calò, G. Maria Canale, C. Ninchi	424.000.000	31.164.000.000	4.416.667
I pompieri di Viggiù	1949	Mario Mattoli	Isa Barzizza, C. Campanini, Liliana Pampanini	397.000.000	29.179.500.000	3.817.308
Napoli milionaria	1949	Eduardo De Filippo	E. De Filippo, Titina De Filippo, Leda Gloria	446.700.000	32.832.450.000	4.635.125
Figaro qua, Figaro là	1950	C.L. Bragaglia	Isa Barzizza, G. Agus, R. Rascel	435.200.000	29.550.080.000	4.184.615
Totò cerca moglie	1950	C.L. Bragaglia	Marisa Merlini, Ave Ninchi, A. Tieri	296.700.000	20.145.930.000	2.852.885

Titolo	Anno	Regista	Altri interpreti	Incasso reale	Incasso rivalutato	Spettatori
Totò Tarzan	1950	Mario Mattoli	M. Castellani, Alba Arnova, T. Buazzelli	385.900.000	26.202.610.000	3.710.577
Le 6 mogli di Barbablù	1950	C.L. Bragaglia	Isa Barzizza, L. Pavese, C. Ninchi	276.100.000	18.747.190.000	2.654.808
47 morto che parla	1950	C.L. Bragaglia	Silvana Pampanini, A. Tieri, C. Croccolo	448.700.000	30.466.730.000	4.314.423
Totò sceicco	1950	Mario Mattoli	Tamara Lees, A. Tieri, M. Castellani	484.600.000	32.904.340.000	4.659.616
Totò terzo uomo	1951	Mario Mattoli	A. Tieri, Diana Dei, Franca Marzi	426.380.000	26.819.302.000	3.795.781
Guardie e ladri	1951	Steno e Monicelli	A. Fabrizi, Rossana Podestà, A. Giuffré	653.790.000	41.123.391.000	5.820.262
Totò e i Re di Roma	1951	Steno e Monicelli	A. Tieri, A. Sordi, M. Castellani	405.950.000	25.534.255.000	3.613.906
Sette ore di guai	1951	Vittorio Metz e Marcello Marchesi	Isa Barzizza, C. Campanini, Giulietta Masina	275.300.000	17.316.370.000	2.450.815
Totò a colori	1952	Steno e Monicelli	Isa Barzizza, V. Caprioli, Franca Valeri	775.000.000	45.105.000.000	6.387.539
Dov'è la libertà	1952	Roberto Rossellini	Nyta Dover, Franca Faldini, L. Trieste	273.200.000	15.900.270.000	2.251.711
Totò e le donne	1952	Steno e Monicelli	P. De Filippo, Lea Padovani, Franca Faldini	500.500.000	29.129.100.000	4.125.114
Una di quelle	1952	Aldo Fabrizi	A. Fabrizi, Lea Padovani, P. De Filippo	274.200.000	15.958.440.000	2.259.953
L'uomo, la bestia e la virtù	1953	Steno	Viviane Romance, O. Welles, Franca Faldini	256.850.000	13.818.530.000	1.955.761
Il più comico spettacolo del mondo	1953	Mario Mattoli	May Britt, Franca Faldini, Tania Weber	424.100.000	22.816.580.000	3.229.270
Un turco napoletano	1953	Mario Mattoli	Isa Barzizza, C. Campanini, Franca Faldini	594.300.000	31.973.340.000	4.525.242
Miseria e nobiltà	1954	Mario Mattoli	Doris Palumbo, Franca Faldini, Sophia Loren	562.957.000	28.373.033.000	4.021.122
Questa è la vita (ep.: *La patente*)	1954	Luigi Zampa	A. Balducci, M. Castellani, N. Vingelli	226.274.000	11.404.210.000	1.616.243
Tempi nostri (ep.: *La macchina fotografica*)	1954	Alessandro Blasetti	Sophia Loren, S. Bagolini	363.340.000	18.312.336.000	2.595.286

Titolo	Anno	Regista	Altri interpreti	Incasso reale	Incasso rivalutato	Spettatori
L'oro di Napoli (ep.: Il Guappo)	1954	Vittorio De Sica	Lianella Carell, A. Salvietti, N. Vingelli	733.756.000	36.981.303.000	5.241.115
Il medico dei pazzi	1954	Mario Mattoli	Nora Ricci, A. Giuffré, C. Ninchi	378.708.000	19.086.884.000	2.705.058
Totò cerca pace	1954	Mario Mattoli	Ave Ninchi, Isa Barzizza, P. Ferrari	241.480.000	12.170.592.000	1.724.858
Totò all'inferno	1954	C. Mastrocinque	Maria Frau, D. Maggio, Franca Faldini	328.325.000	16.547.580.000	2.345.179
Totò e Carolina	1955	Mario Monicelli	Anna Maria Ferrero, A. Foà, M. Arena	333.345.000	16.133.898.000	2.283.185
I tre ladri	1955	Lionello De Felice	J. Pascal, Giovanna Ralli, G. Bramieri	275.351.000	13.326.989.000	1.885.966
Destinazione Piovarolo	1955	Domenico Paolella	Marisa Merlini, Tina Pica, E. Viarisio	313.013.000	15.149.830.000	2.143.925
Letto a tre piazze	1960	Steno	P. De Filippo, Nadia Gray, A. Tieri	458.495.000	18.889.994.000	2.676.093
Risate di gioia	1960	Mario Monicelli	Anna Magnani, B. Gazzarra, T. Ucci	207.227.000	8.537.753.000	1.209.520
Chi si ferma è perduto	1961	Sergio Corbucci	P. De Filippo, A. Tieri, L. Pavese	298.506.000	10.865.619.000	1.538.691
Totò, Peppino e la dolce vita	1961	Sergio Corbucci	P. De Filippo, Gloria Paul, Fr. Mulé	387.856.000	14.117.959.000	1.999.258
Sua Eccellenza si fermò a mangiare	1961	Mario Mattoli	U. Tognazzi, Virna Lisi, R. Vianello	316.719.000	11.528.572.000	1.632.573
I due marescialli	1961	Sergio Corbucci	V. De Sica, G. Agus, A. Bragaglia	536.513.000	19.529.073.000	2.765.531
Totòtruffa '62	1961	C. Mastrocinque	N. Taranto, Estella Blain, E. Calindri	569.578.000	20.732.640.000	2.935.969
Totò contro Maciste	1962	Fernando Cerchio	N. Taranto, S. Burke, L. Pavese	656.842.000	23.055.155.000	2.269.459
Totò diabolicus	1962	Steno	R. Vianello, L. Pavese, M. Castellani	448.809.000	15.753.196.000	2.229.553
Totò e Peppino divisi a Berlino	1962	Giorgio Bianchi	P. De Filippo, L. Pavese, R. Alda, D. Maggio	334.146.000	11.728.525.000	1.659.941
Totò di notte n.1	1962	Mario Amendola	Macario e numeri di varietà internazionale	456.407.000	16.019.886.000	2.267.298
Lo smemorato di Collegno	1962	Sergio Corbucci	N. Taranto, E. Macario, A. Tieri, Yvonne Sanson	429.249.000	15.066.640.000	2.132.385

Titolo	Anno	Regista	Altri interpreti	Incasso reale	Incasso rivalutato	Spettatori
I due colonnelli	1962	Steno	W. Pidgeon, Scilla Gabel, N. Taranto	521.894.000	18.318.480.000	2.592.618
Il giorno più corto	1963	Sergio Corbucci	F. Franchi, C. Ingrassia, W. Chiari	615.300.000	19.689.600.000	2.784.163
Il monaco di Monza	1963	Sergio Corbucci	N. Taranto, Macario, L. Gastoni	539.482.000	17.263.424.000	2.444.857
Totò contro i quattro	1963	Steno	P. De Filippo, N. Taranto, A. Fabrizi	319.020.000	10.208.640.000	1.445.754
Totò e Cleopatra	1963	Fernando Cerchio	M. Noel, Moira Orfei, G. Agus, L. Zoppelli	507.962.000	16.254.784.000	2.302.013
Totò sexy	1963	Mario Amendola	Macario, T. Ucci, M. Castellani, M. Pisu	194.611.000	6.227.552.000	881.950
Le motorizzate (ep.: *Vigile ignoto*)	1963	Marino Girolami	G. Agus, Liliana Orfei, R. Pisano	441.591.000	14.130.912.000	2.001.229
Gli onorevoli	1963	Sergio Corbucci	P. De Filippo, Franca Valeri, G. Cervi	239.263.000	7.565.416.000	1.084.307
Il comandante	1963	Paolo Heusch	Andreina Pagnani, F. Fabrizi, Linda Sini	217.596.000	6.963.072.000	986.115
Totò contro il pirata nero	1964	Fernando Cerchio	A. Giuffré, Grazia Maria Spina, M. Petri	295.718.000	8.664.538.000	1.227.046
Siamo uomini o caporali?	1955	C. Mastrocinque	P. Stoppa, N. Bernardi, Franca Faldini	730.134.000	35.338.486.000	5.000.918
Il coraggio	1955	Domenico Paolella	G. Cervi, E. Almirante, Gianna Maria Canale	295.670.000	14.308.976.000	2.025.137
Racconti romani	1955	Gianni Franciolini	V. De Sica, Silvana Pampanini	755.198.000	36.551.584.000	5.172.589
La banda degli onesti	1956	C. Mastrocinque	P. De Filippo, L. Pavese, G. Furia	388.846.000	18.392.416.000	2.603.938
Totò lascia o raddoppia?	1956	C. Mastrocinque	M. Bongiorno, B. Cabot, V. Moriconi	537.946.000	25.444.846.000	3.602.398
Totò, Peppino e... la malafemmina	1956	C. Mastrocinque	Dorian Gray, P. De Filippo, T. Reno	678.538.000	32.094.848.000	4.543.883
Totò, Peppino e i fuorilegge	1956	C. Mastrocinque	Peppino e Titina De Filippo, F. Interlenghi	452.518.000	21.404.102.000	3.030.323
La legge è legge	1957	Christian Jaque	Fernandel, N. Besozzi, Leda Gloria	353.953.000	16.423.420.000	2.324.052
Totò, Vittorio e la dottoressa	1957	C. Mastrocinque	V. De Sica, Abbe Lane, Titina de Filippo	572.703.000	26.573.420.000	3.760.362

Titolo	Anno	Regista	Altri interpreti	Incasso reale	Incasso rivalutato	Spettatori
Gambe d'oro	1958	Turi Vasile	Rossella Como, Scilla Gabel, P. Ferrari	194.484.000	8.771.229.000	1.241.440
I soliti ignoti	1958	Mario Monicelli	V. Gassman, M. Mastroianni, Claudia Cardinale	901.562.000	40.660.447.000	5.754.896
Totò e Marcellino	1958	Antonio Musu	P. Calvo, M. Carotenuto, Ione Salinas	360.480.000	16.257.648.000	2.301.034
Totò, Peppino e le fanatiche	1958	Mario Mattoli	P. De Filippo, Alessandra Panaro, M. Riva, A. Tieri	401.158.000	18.092.226.000	2.560.692
Totò a Parigi	1958	C. Mastrocinque	Sylva Koscina, F. Gravey, L. Masiero	460.946.000	20.788.665.000	2.942.334
Totò nella luna	1958	Steno	Sylva Koscina, U. Tognazzi, Sandra Milo	368.647.000	16.625.980.000	2.353.166
I tartassati	1959	Steno	A. Fabrizi, L. De Funès, M. Campa	392.776.000	17.046.479.000	2.414.706
La cambiale	1959	C. Mastrocinque	V. Gassman, Sylva Koscina, U. Tognazzi	708.209.000	30.736.271.000	4.353.922
Totò, Eva e il pennello proibito	1959	Steno	Abbe Lane, M. Carotenuto, L. De Funès	244.764.000	10.622.758.000	1.504.759
I ladri	1959	Lucio Fulci	Giovanna Ralli, G. Furia, A. Calvo	264.811.000	11.492.798.000	1.628.004
Arrangiatevi	1959	Mauro Bolognini	P. De Filippo, V. Caprioli, Franca Valeri	425.390.000	18.461.926.000	2.615.210
Noi duri	1959	C. Mastrocinque	F. Buscaglione, Scilla Gabel, P. Panelli	358.840.000	15.573.656.000	2.206.074
Signori si nasce	1960	Mario Mattoli	P. De Filippo, Delia Scala, R. Garrone	359.918.000	14.828.622.000	2.100.730
Totò, Fabrizi e i giovani d'oggi	1960	Mario Mattoli	A. Fabrizi, Rina Morelli, L. Pavese	470.800.000	19.396.960.000	2.747.914
Le belle famiglie (ep.: *Amare è un po' morire*)	1964	Ugo Gregoretti	Sandra Milo, J. Rochefort, A. Celi	214.521.000	6.285.700.000	890.162
Che fine ha fatto Totò Baby?	1964	Ottavio Alessi	P. De Vico, Mischa Auer, M. Castellani	185.735.000	5.442.036.000	770.685
Totò d'Arabia	1964	Antonio Della Loma	N. Navarro, F. Sancho, L. Pavese	311.729.000	9.133.660.000	1.293.482
Gli amanti latini (ep. *Amore e morte*)	1965	Mario Costa	Annie Gorassini, M. Castellani	371.136.000	9.945.445.000	1.407.000
La mandragola	1965	Alberto Lattuada	Rosanna Schiaffino, Ph. Leroy, R. Valli	624.572.000	16.738.530.000	2.368.495

Titolo	Anno	Regista	Altri interpreti	Incasso reale	Incasso rivalutato	Spettatori
Rita, la figlia americana	1965	Piero Vivarelli	Rita Pavone, F. Capucci, Lina Volonghi	503.239.000	13.486.806.000	1.908.377
Uccellacci e uccellini	1966	Pier Paolo Pasolini	Ninetto Davoli, Femi Benussi	173.036.000	4.273.990.000	606.442
Operazione S. Gennaro	1966	Dino Risi	N. Manfredi, M. Adorf, Senta Berger	1.542.756.000	38.106.073.000	5.407.487
Le streghe (ep.: *La terra vista dalla luna)*	1967	Pier Paolo Pasolini	Silvana Mangano, N. Davoli, L. Betti	370.043.000	8.547.993.000	1.207.988
Capriccio all'italiana (2 ep.: *Che cosa sono le nuvole, Il mostro della domenica)*	1968	Pier Paolo Pasolini	F. Franchi, C. Ingrassia, N. Davoli, D. Modugno	189.171.000	4.369.850.000	581.474
			TOTALE INCASSI	38.416.232.000	1.798.100.419.000	271.314.396

«HIT PARADE» DEI FILM DI TOTÒ

I maggiori successi conseguiti da Totò dal 1947 al 1966 con un incasso «rivalutato» (sulla base dei prezzi medi praticati nei cinema nel biennio 1990/91) superiore ai 30 miliardi.

Titolo	Anno di programmazione	Regista	Incasso reale	Incasso rivalutato	Spettatori
FILM INTERPRETATI DA PROTAGONISTA					
Totò a colori	1952	Steno e Monicelli	775.000.000	45.105.000.000	6.387.539
Guardie e ladri	1951	Steno e Monicelli	653.790.000	41.123.391.000	5.820.262
Totò cerca casa	1949	Steno e Monicelli	515.000.000	37.852.500.000	5.634.584
Siamo uomini o caporali?	1955	Camillo Mastrocinque	730.134.000	35.338.486.000	5.000.918
Totò sceicco	1950	Mario Mattoli	484.600.000	32.904.340.000	4.659.616
Totò, Peppino e... la malafemmina	1956	Camillo Mastrocinque	678.538.000	32.094.848.000	4.543.883
L'Imperatore di Capri	1949	Luigi Comencini	436.500.000	32.082.750.000	4.564.875
Un turco napoletano	1953	Mario Mattoli	594.300.000	31.973.340.000	4.525.242
Totò le Mokò	1949	C.L. Bragaglia	424.000.000	31.164.000.000	4.416.667
47 morto che parla	1950	C.L. Bragaglia	448.700.000	30.466.730.000	4.314.423
FILM INTERPRETATI CON ALTRI ATTORI PROTAGONISTI					
I soliti ignoti	1958	Mario Monicelli	901.562.000	40.660.447.000	5.754.896
Operazione S. Gennaro	1966	Dino Risi	1.542.756.000	38.106.073.000	5.407.487
Racconti romani	1955	Gianni Franciolini	755.198.000	36.551.584.000	5.172.589
L'oro di Napoli	1954	Vittorio De Sica	733.756.000	36.981.303.000	5.241.115
Napoli milionaria	1949	Eduardo De Filippo	446.700.000	32.832.450.000	4.635.125

INDICE

Grandi Tascabili Economici, sezione dei Paperbacks
Pubblicazione settimanale, 22 febbraio 1995
Direttore responsabile: G.A. Cibotto
Registrazione del Tribunale di Roma n. 16024 del 27 agosto 1975
Fotocomposizione: Primaprint s.n.c., Terni
Stampato per conto della Newton Compton editori s.r.l., Roma
presso la Rotolito Lombarda S.p.A., Pioltello (MI)
Distribuzione nazionale per le edicole: A. Pieroni s.r.l.
Viale Vittorio Veneto 28 - 20124 Milano - telefono 02-29000221
telex 332379 PIERON I - telefax 02-6597865
Consulenza diffusionale: Eagle Press s.r.l., Roma

Grandi Tascabili Economici

Ultimi volumi pubblicati

1. **Sigmund Freud**, *L'interpretazione dei sogni*
2. **Pablo Neruda**, *Poesie d'amore*
3. **Mohandas Karamchand Gandhi**, *La mia vita per la libertà*
4. **Albert Einstein**, *Come io vedo il mondo – La teoria della relatività*
5. **Rabindranath Tagore**, *Poesie. Gitanjali – Il Giardiniere*
6. **David Herbert Lawrence**, *L'amante di Lady Chatterley*
7. **Erich Fromm**, *Psicoanalisi dell'amore*
8. **Edgar Lee Masters**, *Antologia di Spoon River*
9. **Herman Hesse**, *Leggende e fiabe*
10. **Friedrich Wilhelm Nietzsche**, *Così parlò Zarathustra*
11. **Jacques Prévert**, *Poesie*
12. **Italo Svevo**, *La coscienza di Zeno*
13. **Sigmund Freud**, *Psicopatologia della vita quotidiana*
14. **Federico García Lorca**, *Poesie. Libro de Poemas*
15. **Giovanni Verga**, *I Malavoglia – Mastro-don Gesualdo*
16. **Hermann Hesse**, *Romanzi. Peter Camenzind, Gertrud, Rosshalde, Demian*
17. **William Shakespeare**, *I sonetti*
18. **Friedrich Wilhelm Nietzsche**, *Al di là del bene e del male*
19. **Albert Soboul**, *La Rivoluzione francese*
20. **Charles Baudelaire**, *I fiori del male e tutte le poesie*
21. **Franz Kafka**, *Tutti i racconti*
22. **Sigmund Freud**, *Sessualità e vita amorosa*
23. **Hermann Hesse**, *Poesie d'amore*
24. **James Joyce**, *Gente di Dublino – Ritratto dell'artista da giovane*
25. **Bertrand Russell**, *Introduzione alla filosofia matematica*
26. **Arthur Rimbaud**, *Tutte le poesie*
27. **Francis Scott Fitzgerald**, *Il grande Gatsby*
28. **Charles Darwin**, *L'origine delle specie*
29. **Guillaume Apollinaire**, *Poesie*
30. **Ernest Hemingway**, *Fiesta – Il sole sorge ancora*
31. **Sigmund Freud**, *La psicoanalisi*
32. **Rabindranath Tagore**, *Poesie d'amore*
33. **Italo Svevo**, *Una vita*
34. **Carl Gustav Jung**, *La psicologia dell'inconscio*
35. **Paul Verlaine**, *Poesie*
36. **Edgar Allan Poe**, *Tutti i racconti del mistero, dell'incubo e del terrore*
37. **Friedrich Wilhelm Nietzsche**, *L'Anticristo – Crepuscolo degli idoli – Ecce homo – La volontà di potenza*
38. **Gibran Kahlil Gibran**, *Il profeta – Il Giardino del Profeta*
39. **Alessandro Manzoni**, *I promessi sposi*
40. **Jean Piaget**, *Cos'è la psicologia*
41. **Giacomo Leopardi**, *Canti*
42. **Hermann Hesse**, *Viaggio in India – Racconti indiani*
43. **Bertrand Russell**, *I princìpi della matematica*
44. **Evgenij Evtušenko**, *Poesie d'amore*
45. **Franz Kafka**, *Il processo*
46. **Erich Fromm**, *Personalità, libertà, amore – La missione di Sigmund Freud*
47. **Pellegrino Artusi**, *La scienza in cucina e l'arte di mangiar bene*
48. **Hermann Hesse**, *Racconti*
49. **Charles Darwin**, *L'origine dell'uomo*
50. **Boris Pasternak**, *Poesie d'amore*
51. **Michail Bulgakov**, *Il maestro e Margherita*

52. **Sigmund Freud**, *La psicoanalisi infantile*
53. **Juan Ramón Jiménez**, *Poesie d'amore*
54. **Thomas Mann**, *Romanzi brevi. Tristano, Tonio Kröger, La morte a Venezia, Cane e padrone*
55. **Édouard Schuré**, *I grandi iniziati*
56. **David Herbert Lawrence**, *Poesie d'amore*
57. **Joseph Conrad**, *Romanzi del mare. Il negro del Narciso, Tifone, Un colpo di fortuna, Freya delle Sette Isole*
58. **Sigmund Freud**, *Totem e tabù e altri saggi di antropologia*
59. **Stéphane Mallarmé**, *Tutte le poesie*
60. **Italo Svevo**, *Senilità*
61. **Friedrich Wilhelm Nietzsche**, *Aurora. Pensieri sui pregiudizi morali*
62. **Paul Éluard**, *Poesie*
63. **Michail Bulgakov**, *Romanzi e racconti. Cuore di cane, Romanzo teatrale, Diavoleide, Le uova fatali, I racconti di un giovane medico e altri racconti*
64. **Friedrich Wilhelm Nietzsche**, *Umano, troppo umano. Un libro per spiriti liberi*
65. **Edgar Lee Masters**, *Il nuovo Spoon River*
66. **Hermann Hesse**, *Romanzi brevi. Sotto la ruota, Knulp, L'ultima estate di Klingsor, Klein e Wagner*
67. **Sigmund Freud**, *Sulla cocaina*
68. **Edgar Allan Poe**, *Tutte le poesie*
69. **Franz Kafka**, *Il Castello*

Marcel Proust, *Alla ricerca del tempo perduto*

70. **Marcel Proust**, *Dalla parte di Swann*
71. **Marcel Proust**, *All'ombra delle fanciulle in fiore*
72. **Marcel Proust**, *I Guermantes*
73. **Marcel Proust**, *Sodoma e Gomorra*
74. **Marcel Proust**, *La Prigioniera*
75. **Marcel Proust**, *Albertine scomparsa*
76. **Marcel Proust**, *Il Tempo ritrovato*
77. *Proust e la critica italiana*. A cura di Paolo Pinto e Giuseppe Grasso.
    Gli otto volumi di *Alla ricerca del tempo perduto* e l'antologia critica su Marcel Proust sono disponibili anche in cofanetto.
78. **Ambrogio Donini**, *Breve storia delle religioni*
79. **Oscar Wilde**, *Poesie e «Ballata del carcere di Reading»*
80. **André Gide**, *I sotterranei del Vaticano*
81. **William Shakesperare**, *Tutto il teatro, vol.* I. *La tempesta, I due gentiluomini di Verona, Le allegre comari di Windsor, Misura per misura, La commedia degli errori, Molto rumore per nulla, Pene d'amor perdute*
82. **William Shakespeare**, *Tutto il teatro, vol.* II. *Sogno di una notte di mezza estate, Il mercante di Venezia, Come vi piace, La bisbetica domata, Tutto è bene quel che finisce bene, La dodicesima notte, Il racconto d'inverno*
83. **William Shakespeare**, *Tutto il teatro, vol.* III. *Re Giovanni, Riccardo* II, *Enrico* IV, *Enrico* VI, *Riccardo* III, *Enrico* VIII
84. **William Shakespeare**, *Tutto il teatro, vol.* IV. *Troilo e Cressida, Coriolano, Tito Andronico, Romeo e Giulietta, Timone d'Atene, Giulio Cesare*
85. **William Shakespeare**, *Tutto il teatro, vol.* V. *Macbeth, Amleto, Re Lear, Otello, Antonio e Cleopatra, Cimbelino, Pericle*
    I cinque volumi di *Tutto il teatro* di W. Shakespeare sono disponibili anche in cofanetto.
86. **Salvatore Di Giacomo**, *Tutte le novelle*
87. **Salvatore Di Giacomo**, *Tutte le poesie*
88. **Salvatore Di Giacomo**, *Tutto il teatro*

I tre volumi di *Tutte le novelle, le poesie e il teatro* di Salvatore Di Giacomo sono disponibili anche in cofanetto.

89. **Mohandas Karamchand Gandhi**, *La voce della verità*
90. **James Joyce**, *Poesie*
91. **Robert Musil**, *Il giovane Törless – Congiungimenti*

92. **Sigmund Freud**, *Il sogno – Scritti su ipnosi e suggestione*
93. **William Blake**, *Poesie*
94. **Franz Kafka**, *America*
95. **Carl Gustav Jung**, *Psicologia dei fenomeni occulti*
96. **Omar Khayyàm**, *Quartine. Rubaiyyàt*
97. **Joseph Conrad**, *Lord Jim*
98. **Maurice Maeterlinck**, *La vita delle api – La vita delle termiti – La vita delle formiche*
99. **Hermann Hesse**, *Dall'Italia e Racconti Italiani*
100. **Francesco De Sanctis**, *Storia della letteratura italiana*
101. **Friedrich Wilhelm Nietzsche**, *Verità e menzogna – La nascita della tragedia – La filosofia nell'età tragica dei Greci*
102. **Guillaume Apollinaire**, *Poesie d'amore*
103. **Donatien-Alphonse-François de Sade**, *Le 120 giornate di Sodoma*
104. **Sigmund Freud**, *Psicoanalisi della società moderna*
105. **Saffo**, *Poesie*
106. **David Herbert Lawrence**, *Il peccatore*
107. **Voltaire**, *Dizionario filosofico*
108. **John Keats**, *Poesie*
109. **Hermann Hesse**, *Racconti brevi*
110. **Henri Pirenne**, *Storia d'Europa dalle invasioni al* XVI *secolo*
111. **Percy Bysshe Shelley**, *Poesie*
112. **Conan Doyle**, *Tutto Sherlock Holmes, vol.* I. *Uno studio in rosso, Il segno dei quattro, Le avventure di Sherlock Holmes*
113. **Conan Doyle**, *Tutto Sherlock Holmes, vol.* II. *Le memorie di Sherlock Holmes, Il mastimo dei Baskerville*
114. **Conan Doyle**, *Tutto Sherlock Holmes, vol.* III. *Il ritorno di Sherlock Holmes, La valle della paura*
115. **Conan Doyle**, *Tutto Sherlock Holmes, vol.* IV. *L'ultimo saluto di Sherlock Holmes, Il taccuino di Sherlock Holmes*
     I quattro volumi di *Tutto Sherlock Holmes* di Conan Doyle sono disponibili anche in cofanetto.
116. **Eschilo**, *Tutte le tragedie. I Persiani, I Sette a Tebe, Le supplici, Prometeo incatenato, Agamennone, Le coefore, Le Eumenidi*
117. **Sofocle**, *Tutte le tragedie. Antigone, Aiace, Edipo re, Elettra, Filottete, Le Trachinie, Edipo a Colono, I segugi*
118. **Euripide**, *Tutte le tragedie, vol.* I. *Alcesti, Medea, Ippolito, Gli Eraclidi, Ecuba, Andromaca, Le supplici, Eracle, Le troiane, Elettra, Elena*
119. **Euripide**, *Tutte le tragedie, vol.* II. *Ifigenia Taurica, Ione, Le fenicie, Oreste, Ifigenia in Aulide, Le Baccanti, Reso, Il Ciclope*
120. **Aristofane**, *Tutte le commedie. Gli Acarnesi, I Cavalieri, Le nuvole, Le vespe, La pace, Gli uccelli, Lisistrata, Le Tesmoforiazuse, Le rane, Le donne a Parlamento, Pluto*
     I cinque volumi del *Teatro greco completo* sono disponibili anche in cofanetto.
121. **Joseph Conrad**, *Romanzi della Malesia*
     La follia di Almayer, Il reietto delle isole, La linea d'ombra
122. **Sigmund Freud**, *Il motto di spirito e la sua relazione con l'inconscio*
123. **Emily Dickinson**, *Poesie*
124. **Sherwood Anderson**, *I racconti dell'Ohio*
125. **Carl Gustav Jung**, *Freud e la psicoanalisi*
126. **Hermann Hesse**, *Poesie romantiche*
127. **Thomas Mann**, *I Buddenbrook. Decadenza di una famiglia*
128. **Catullo**, *Le poesie. Carmina*
129. **Mohandas Karamchand Gandhi**, *Il mio credo, il mio pensiero*
130. **Trilussa**, *Poesie*
131. **David Herbert Lawrence**, *Donne innamorate*
132. **Johan Huizinga**, *L'autunno del Medioevo*
133. **Giuseppe Ungaretti**, *Poesie*
134. **Jack Kerouac**, *La città e la metropoli*

135. **Plauto**, *Tutte le commedie, vol.* I. *Amphitruo, Asinaria, Aulularia, Bacchides*
136. **Plauto**, *Tutte le commedie, vol.* II. *Captivi, Casina, Cistellaria, Curculio, Epidicus*
137. **Plauto**, *Tutte le commedie, vol.* III. *Menaechmi, Mercator, Miles gloriosus, Mostellaria*
138. **Plauto**, *Tutte le commedie, vol.* IV. *Persa, Poenulus, Pseudolus*
139. **Plauto**, *Tutte le commedie, vol.* V. *Rudens, Stichus, Trinummus, Truculentus, Vidularia*
I cinque volumi di *Tutte le commedie* di Plauto sono disponibili anche in cofanetto.
140. **Sigmund Freud**, *Psicologia e metapsicologia*
141. **Salvatore Quasimodo**, *Poesie*
142. **Donatien-Alphonse-François de Sade**, *La nuova Justine*
143. **Petronio**, *Satyricon*
144. **Sigmund Freud**, *Ossessioni, fobie e paranoia*
145. **Gibran Kahlil Gibran**, *Sabbia e Spuma* e *Il Vagabondo*
146. **Joseph Conrad**, *Romanzi e racconti d'avventura di terra e di mare. Cuore di tenebra, La laguna, Gli idioti, Un avamposto del progresso, Karain: un ricordoIl ritorno, Domani, Amy Foster, Il compagno segreto*
147. **William H. Prescott**, *La conquista del Messico*
148. **William H. Prescott**, *La conquista del Perú*
I due volumi di W. H. Prescott sono disponibili anche in cofanetto.
149. **Alfred Adler**, *La psicologia individuale*
150. *Poesie Zen*. A cura di Lucien Strik e Takaschi Ikemoto
151. **Donatien-Alphonse-François de Sade**, *Le sventure della virtù*
152. **Sigmund Freud**, *Psicoanalisi dell'isteria e dell'angoscia*
153. **Heinrich Heine**, *Poesie d'amore*
154. **Thomas Mann**, *Racconti*
155. **Orazio**, *Tutte le opere. Odi, Epodi, Carme secolare, Satire, Epistole, Arte poetica*
156. **Carlo Goldoni**, *I capolavori, vol.* I. *La donna di garbo, Il servitore di due padroni, La vedova scaltra, La putta onorata, La buona moglie, La famiglia dell'antiquario*
157. **Carlo Goldoni**, *I capolavori, vol.* II. *Il teatro comico, La bottega del caffè, Il bugiardo, La serva amorosa, La locandiera, Le donne curiose*
158. **Carlo Goldoni**, *I capolavori, vol.* III. *Le massere, Le donne de casa soa, Il campiello, Le morbinose, L'apatista, Gl'innamorati*
159. **Carlo Goldoni**, *I capolavori, vol.* IV. *L'impresario delle Smirne, I rusteghi, Un curioso accidente, La casa nova, Le smanie per la villeggiatura, Le avventure della villeggiatura, Il ritorno dalla villeggiatura*
160. **Carlo Goldoni**, *I capolavori, vol.* V. *Sior Todero Brontolon, Le baruffe chiozzotte, Una delle ultime sere di Carnovale, Il ventaglio, Il burbero benefico*
I cinque volumi de *I capolavori* di Goldoni sono disponibili anche in cofanetto
161. **Molière**, *Tutto il teatro, vol.* I. *La gelosia del Barboullié, Il medico volante, Lo stordito, Dispetto d'amore, Le preziose ridicole, Sganarello, Don Garcia di Navarra, La Scuola dei mariti, I Seccatori, La Scuola delle mogli, La critica alla Scuola delle mogli, L'improvvisazione di Versailles, Il matrimonio per forza, La principessa d'Elide*
162. **Molière**, *Tutto il teatro, vol.* II. *Tartufo, Don Giovanni, L'amore medico, Il Misantropo, Il medico per forza, Melicerta, Pastorale comica, Il Siciliano, Anfitrione, La grande festa reale di Versailles, George Dandin*
163. **Molière**, *Tutto il teatro, vol.* III. *L'avaro, Il signor di Pourceaugnac, I favolosi amanti, Il borghese gentiluomo, Psiche, Le furberie di Scapino, La Contessa d'Escarbagnas, Le donne intellettuali, Il malato immaginario*
I tre volumi di *Tutto il teatro* di Molière sono disponibili anche in cofanetto.
164. **Vladimir Propp**, *Morfologia della fiaba – Le radici storiche dei racconti di magia*
165. **Bob Dylan**, *Blues, ballate e canzoni*
166. **Virginia Woolf**, *La signora Dalloway*
167. **Jack London**, *vol.* I. *I racconti del Grande Nord e della corsa all'oro*
168. **Jack London**, *vol.* II. *I racconti del Pacifico e dei Mari del Sud*

169. **Jack London**, *vol.* III. *Il richiamo della foresta – Zanna Bianca e altre storie di cani*
170. **Jack London**, *vol.* IV. *Avventure di mare e di costa – Il lupo dei mari – I racconti della pattuglia guardiapesca*
I quattro volumi *Romanzi e racconti del Grande Nord e dei Mari del Sud* di Jack London sono disponibili anche in cofanetto.
171. **Hans Christian Andersern**, *Le fiabe*
172. **Luigi Capuana**, *Tutte le fiabe. C'era una volta, Il raccontafiabe, Chi vuol fiabe, chi vuole? Si conta e si racconta..., Le ultime fiabe*
173. **Carlo Collodi**, *Fiabe e racconti. Racconti delle fate, Pinocchio, Storie allegre*
174. **I fratelli Grimm**, *Tutte le fiabe*
175. **Emma Perodi**, *Le novelle della nonna. Fiabe fantastiche*
I cinque volumi le grandi *Fiabe* sono disponibili anche in cofanetto.
176. **Eduardo Scarpetta**, *Tutto il teatro, vol.* I. *Persicone mio figlio, Gelusia ovvero Ammore, spusalizio e gelusia, 'Na Commedia 'e tre atte, Quinnice solde so'cchiù assaje de seimila lire, È buscìa o verità, Felice maestro di calligrafia ovvero Lu Curaggio de nu pumpiere napulitano, La Collana d'oro o i cinque talismani, Tetillo, Mettiteve a fà l'ammore cu me!, Duje marite 'mbrugliune, Il non plus ultra della disperazione ovvero La Bottiglieria del Rigoletto, Lu Pagnottino, Lo Scarfalietto, Tetillo 'nzurato*
177. **Eduardo Scarpetta**, *Tutto il teatro, vol.* II. *Tre pecore viziose, L'Amico 'e papà, 'No pasticcio, Il Romanzo di un farmacista povero, Nun la trovo a mmaretà, La Nutriccia, 'Nu Frungillo cecato, Amore e polenta: 'Na paglia 'e Firenze, 'Nu brutto difetto, 'Na matassa 'mbrugliata, 'Na società 'e marite*
178. **Eduardo Scarpetta**, *Tutto il teatro, vol.* III. *Li Nepute de lu sinneco, Lu Marito de Nannina, Miseria e nobiltà, 'Nu turco napolitano, 'Na Santarella, Pazzie di Carnevale, Lu Cafè chantant, 'Nu Ministro mmiezo a li guaje, Tre cazune furtunate, 'Na Bona guagliona'*
179. **Eduardo Scarpetta**, *Tutto il teatro, vol.* IV. *La Casa vecchia, La Bohéme, L'Albergo del Silenzio, Nina Boné, La Pupa movibile, 'A Cammarera nova, Duje chiapparielle, 'Na Figliola romantica, 'A Nanassa, Cane e gatte, Il Debutto di Gemma, Madama Sangenella*
180. **Eduardo Scarpetta**, *Tutto il teatro, vol.* V. *'O Balcone 'e Rusinella, Il Processo Fiaschella, Il Figlio di Iorio, 'Na Mugliera zetella, 'O Miedeco d'e pazze, Tre epoche, L'ommo che vola!, La statua di zi' Giacomo, Feliciello scarparo, Pulcinella se venne la mogliera pe mezza lira, Vaco a Roma pe n'affare, Gli spiriti dell'aria, Il cinematografo e il teatro*
I cinque volumi di *Tutto il teatro* di Eduardo Scarpetta sono disponibili anche in cofanetto.
181. **Friedrich Wilhelm Nietzsche**, *Genealogia della morale*
182. **Gibran Kahlil Gibran**, *Gesù figlio dell'uomo*
183. **Virginia Woolf**, *Le onde*
184. **Luigi Pirandello**, *Tutti i romanzi, vol.* I. *L'esclusa, Suo marito*
185. **Luigi Pirandello**, *Tutti i romanzi, vol.* II. *Il turno, Il fu Mattia Pascal*
186. **Luigi Pirandello**, *Tutti i romanzi, vol.* III. *I vecchi e i giovani*
187. **Luigi Pirandello,** *Tutti i romanzi, vol.* IV. *Uno, nessuno e centomila, Quaderni di Serafino Gubbio operatore*
I quattro volumi di *Tutti i romanzi* di Luigi Pirandello sono disponibili anche in cofanetto.
188. **Luigi Pirandello,** *Novelle per un anno, vol.* I. *Scialle nero, La vita nuda, La rallegrata*
189. **Luigi Pirandello**, *Novelle per un anno, vol.* II. *L'uomo solo, La mosca, In silenzio*
190. **Luigi Pirandello**, *Novelle per un anno, vol.* III. *Tutt'e tre, Dal naso al cielo, Donna Mimma*
191. **Luigi Pirandello**, *Novelle per un anno, vol.* IV. *Il vecchio Dio, La giara, Il viaggio, Candelora*
192. **Luigi Pirandello**, *Novelle per un anno, vol.* V. *Berecche e la guerra, Una giornata, Appendice*
I cinque volumi delle *Novelle per un anno* di Luigi Pirandello sono disponibili anche in cofanetto.

193. **Luigi Pirandello**, *Maschere nude, vol.* I. *Sei personaggi in cerca d'autore, Ciascuno a suo modo, Questa sera si recita a soggetto, Enrico IV, Diana e la Tuda, La vita che ti diedi, L'uomo dal fiore in bocca, Il giuoco delle parti, Il piacere dell'onestà, L'imbecille*
194. **Luigi Pirandello**, *Maschere nude, vol.* II. *L'uomo, la bestia e la virtù, Come prima, meglio di prima, Vestire gli ignudi, Come tu mi vuoi, Così è (se vi pare), Tutto per bene, La ragione degli altri, L'innesto, Sogno (ma forse no), L'amica delle mogli*
195. **Luigi Pirandello**, *Maschere nude, vol.* III. *La morsa, La signora Morli, una e due, Pensaci, Giacomino!, Lumie di Sicilia, Il berretto a sonagli, La giara, Cecè, Il dovere del medico, Sagra del Signore della Nave, Ma non è una cosa seria, Bellavita, La patente, L'altro figlio, Liolà*
196. **Luigi Pirandello**, *Maschere nude, vol.* IV. *O di uno o di nessuno, Non si sa come, Trovarsi, Quando si è qualcuno, All'uscita, La nuova colonia, Lazzaro, La favola del figlio cambiato, I giganti della montagna*
I quattro volumi di *Maschere nude* di Luigi Pirandello sono disponibili anche in cofanetto.
197. **Bram Stoker**, *Dracula*
198. **Carl Gustav Jung**, *Tipi psicologici*
199. **Rabindranath Tagore**, *Canti e poesie*
200. **Thomas Mann**, *Altezza Reale*
201. **Blaise Pascal**, *Pensieri*
202. **Guido Gozzano**, *Tutte le poesie*. *La via del rifugio, I colloqui, Le farfalle, Poesie sparse*
203. **Virginia Woolf**, *Gita al Faro*
204. **Ettore Petrolini**, *Il teatro*. *Macchiette, Venite a sentire, Nerone, Amori de notte, Romani de Roma, Acqua salata, Gastone, Il padiglione delle meraviglie, Benedetto tra le donne, Chicchignola, Il metropolitano*
205. **Ettore Petrolini**, *Facezie, autobiografie e memorie*. *Ti à piaciato?, Abbasso Petrolini, Io e il film sonoro, Modestia a parte..., Un po' per celia un po' per non morir...*
I due volumi di Petrolini sono disponibili anche in cofanetto.
206. **Alfred Adler**, *La Psicologia Individuale nella scuola – Psicologia dell'educazione – Psicologia del bambino difficile*
207. **Gibran Kahlil Gibran**, *Il folle – Poesie in prosa – Il diverbio*
208. **Edward Morgan Forster**, *Casa Howard*
209. **Federico García Lorca**, *Tutte le poesie, vol.* I. *Libro de poemas, Suites*
210. **Federico García Lorca**, *Tutte le poesie, vol.* II. *Poema del Cante jondo, Canzoni, Romancero gitano, Odi, Poeta a New York, Lamento per Ignacio Sánchez Mejías, Sei poesie galizie, Diván del Tamarit, Sonetti, Poesie sparse, Canti popolari*
211. **Federico García Lorca**, *Tutto il teatro*
I tre volumi di García Lorca sono disponibili anche in cofanetto.
212. **Henri Pirenne**, *Maometto e Carlomagno*
213. *Le più belle poesie d'amore della letteratura italiana*. A cura di Ferruccio Ulivi e Marta Savini.
214. **David Herbert Lawrence**, *Il pavone bianco*
215. **Marziale**, *Gli epigrammi*
216. **Claudio Rendina**, *I papi. Storia e segreti*
217. **Claudio Rendina**, *I dogi. Storia e segreti*
I due volumi *I papi* e *I dogi* sono disponibili anche in cofanetto.
218. **Michael Grant**, *Gli imperatori romani. Storia e segreti*
I tre volumi *I papi, I dogi, Gli imperatori romani* sono disponibili anche in cofanetto.
219. **Bertrand Russell**, *Matrimonio, sesso e morale*
220. **Jack Kerouac**, *Mexico City Blues*
221. **Joseph Conrad**, *Nostromo*
222. **Victor W. von Hagen**, *L'impero degli Inca*
223. **Victor W. von Hagen**, *Il mondo dei Maya*
224. **Victor W. von Hagen**, *Gli Aztechi, civiltà e splendore*
225. **Victor W. von Hagen**, *Gli imperi del deserto nel Perú precolombiano*

I quattro volumi *Le antiche civiltà precolombiane* di von Hagen sono disponibili anche in cofanetto.

226. **Sigmund Freud**, *Psicoanalisi dell'arte e della letteratura*
227. *Il fiore della libertà*. A cura di Elena Clementelli e Walter Mauro.
228. **Edith Wharton**, *L'età dell'innocenza*
229. **Carl Gustav Jung**, *La libido, simboli e trasformazioni*
230. **George Byron**, *Satire. Beppo, racconto veneziano, Visione di un giudizio*
231. **David Herbert Lawrence**, *Figli e amanti*
232. **Sigmund Freud**, *Casi clinici*
233. **Francesco Petrarca**, *Poesie d'amore*
234. **Virginia Woolf**, *Orlando*
235. **Henrik Ibsen**, *Tutto il teatro, vol.* I. *Catilina, La tomba del guerriero, La notte di San Giovanni, Donna Inger di Östraat, Festa a Solhaug, Olaf Liljekrans, Guerrieri a Helgeland, La commedia dell'amore, I pretendenti alla corona*
236. **Henrik Ibsen**, *Tutto il teatro, vol.* II. *Brand, Peer Gynt, La lega dei giovani, Cesare e Galileo: 1. L'apostasia di Cesare, 2. Giuliano imperatore*
237. **Henrik Ibsen**, *Tutto il teatro, vol.* III. *I pilastri della società, Casa di bambola, Spettri, Un nemico del popolo, L'anitra selvatica, La casa dei Rosmer*
238. **Henrik Ibsen**, *Tutto il teatro, vol.* IV. *La donna del mare, Hedda Gabler, Il costruttore Solness, Il piccolo Eyolf, John Gabriel Borkman, Quando noi morti ci destiamo*
    I quattro volumi di *Tutto il teatro* di Henrik Ibsen sono disponibili anche in cofanetto.
239. **Howard Phillips Lovecraft**, *Tutti i romanzi e i racconti, vol.* I. *L'incubo,* I
240. **Howard Phillips Lovecraft**, *Tutti i romanzi e i racconti, vol.* II. *L'incubo,* II
241. **Howard Phillips Lovecraft**, *Tutti i romanzi e i racconti, vol.* III. *Il sogno*
242. **Howard Phillips Lovecraft**, *Tutti i romanzi e i racconti, vol.* IV. *Il mito,* I
243. **Howard Phillips Lovecraft**, *Tutti i romanzi e i racconti, vol.* V. *Il mito,* II
    I cinque volumi di *Tutti i romanzi e i racconti* di H. P. Lovecraft sono disponibili anche in cofanetto.
244. **Omero**, *Iliade* nella versione di Vincenzo Monti.
245. **Omero**, *Odissea* nella versione di Ippolito Pindemonte.
    I due volumi di *Iliade* e *Odissea* di Omero sono disponibili anche in cofanetto.
246. **Donatien-Alphonse-François de Sade**, *Le sventure della virtù, Justine ovvero le disgrazie della virtù* (*Opere complete, vol.* I)
247. **Donatien-Alphonse-François de Sade**, *Aline e Valcour* (*Opere complete, vol.* II)
248. **Donatien-Alphonse-François de Sade**, *La filosofia nel boudoir, Teatro e opuscoli* (*Opere complete, vol.* III)
249. **Donatien-Alphonse-François de Sade**, *La nuova Justine ovvero le sciagure della virtù* (*Opere complete, vol.* IV)
250. **Donatien-Alphonse-François de Sade**, *Juliette ovvero le prosperità del vizio,* I (*Opere complete, vol.* V)
251. **Donatien-Alphonse-François de Sade**, *Juliette ovvero le prosperità del vizio,* II (*Opere complete, vol.* VI)
252. **Donatien-Alphonse-François de Sade**, *I crimini dell'amore, L'autore a Villeterque* (*Opere complete, vol.* VII)
253. **Donatien-Alphonse-François de Sade**, *La marchesa di Gange, Adelaide di Brunswick, Isabella di Baviera* (*Opere complete, vol.* VIII)
254. **Donatien-Alphonse-François de Sade**, *Le 120 giornate di Sodoma, Storielle e racconti* (*Opere complete, vol.* IX)
255. **Donatien-Alphonse-François de Sade**, *Viaggio in Italia, Viaggio in Olanda* (*Opere complete, vol.* X)
    I dieci volumi delle *Opere complete* di Sade sono disponibili anche in cofanetto.
256. **Bertrand Russell**, *L'analisi della mente*
257. **Vladimir Vladimirovič Majakovskij**, *Poesie*
258. **Virginia Woolf**, *Gli anni*

259. **Alfred Adler**, *La conoscenza dell'uomo nella psicologia individuale*
260. *I futuristi*. A cura di Francesco Grisi
261. **Joseph Conrad**, *Vittoria*
262. **Guy de Maupassant**, *Tutti i racconti neri, fantastici e crudeli*
263. **Émile Zola**, *Germinal*
264. **Jacob Burckhardt**, *La civiltà del Rinascimento in Italia*
265. **Ernst Theodor Amadeus Hoffmann**, *Gli elisir del diavolo*
266. **Edith Wharton**, *La casa della gioia*
267. **Lev Davidovič Trotskij**, *Storia della Rivoluzione russa, vol. I. La Rivoluzione di febbraio*
268. **Lev Davidovič Trotskij**, *Storia della Rivoluzione russa, vol. II. La Rivoluzione di ottobre*
I due volumi della *Storia della Rivoluzione russa* di L. Trotskij sono disponibili anche in cofanetto.
269. **A. M. di Nola**, *Il diavolo*
270. **Howard Phillips Lovecraft**, *I miei orrori preferiti*
271. **Arthur Conan Doyle**, *Tutti i racconti fantastici e dell'orrore*
272. **Arthur Conan Doyle**, *Tutti i romanzi fantastici, vol. I. Il mondo perduto, La fine del mondo, La macchina disintegratrice, Una scoperta meravigliosa*
273. **Arthur Conan Doyle**, *Tutti i romanzi fantastici, vol. II. Nel paese delle nebbie, Quando la Terra urlò, L'abisso di Atlantide*
I tre volumi di Arthur Conan Doyle sono disponibili anche in cofanetto.
274. **Bertrand Russell**, *Dio e la religione*
275. **D. H. Lawrence**, *La ragazza perduta*
276. **Virgilio**, *Eneide*
277. **Georg Groddeck**, *Il libro dell'Es*
278. **Honoré de Balzac**, *Tutto il teatro*
279. **Ambrose Bierce**, *Tutti i racconti dell'orrore*
280. **Aleksandr Nicolaevič Afanas'ev**, *Fiabe popolari russe*
281. **Hans Christian Andersen**, *Fiabe*
282. **Jean de La Fontaine**, *Favole*
283. **Charles Perrault e altri**, *I racconti delle fate*
284. **William Butler Yeats**, *Fiabe irlandesi*
I cinque volumi di *Fiabe* sono disponibili anche in cofanetto.
285. **Alfred Adler**, *Cosa la vita dovrebbe significare per voi*
286. **Edith Wharton**, *Storie di fantasmi*
287. **Marcello Vannucci**, *I Medici*
288. **J. V. Luce**, *La fine di Atlantide*
289. **Evan Hadingham**, *I misteri dell'antica Britannia*
290. **Georges Goyon**, *Il segreto delle grandi piramidi*
291. **J. Alberto Soggin**, *I manoscritti del Mar Morto*
292. **H.V.F. Winstone**, *Alla scoperta della tomba di Tutankhamun*
I cinque volumi *Enigmi e misteri dell'archeologia* sono disponibili anche in cofanetto.
293. **Arthur Schopenhauer**, *La saggezza della vita*, *Aforismi*
294. **Karol Wojtyła (Giovanni Paolo II)**, *Poesie*
295. **AA.VV.**, *Poesie d'amore. L'assenza, il desiderio* (a cura di Francesca Pansa e Marianna Bucchich)
296. **Edith Wharton**, *L'usanza del paese*
297. **Gabriele D'Annunzio**, *Il piacere*, *Giovanni Episcopo*, *L'innocente* (introduzione generale di Giovanni Antonucci e Gianni Oliva; a cura di Gianni Oliva)
298. **Gabriele D'Annunzio**, *Trionfo della morte*, *Le vergini delle rocce* (introduzione generale di Giovanni Antonucci e Gianni Oliva; a cura di Gianni Oliva)
299. **Gabriele D'Annunzio**, *Il fuoco*, *Forse che sì forse che no* (introduzione generale di Giovanni Antonucci e Gianni Oliva; a cura di Gianni Oliva)

300. **Gabriele D'Annunzio**, *Tutte le novelle. Terra vergine, Novelle della Pescara* (introduzione generale di Giovanni Antonucci e Gianni Oliva; a cura di Gianni Oliva)
301. **Gabriele D'Annunzio**, *Prose scelte. Solus ad solam, Notturno*, da *Le faville del maglio, Il libro segreto* (introduzione generale di Giovanni Antonucci e Gianni Oliva; a cura di Gianni Oliva)
I cinque volumi di *Tutti i romanzi e le novelle e prose scelte* di Gabriele D'Annunzio sono disponibili anche in confanetto.
302. **Gabriele D'Annunzio**, *Tutte le poesie, vol.* I. *Primo Vere, Canto novo, Intermezzo di rime, Isottèo, Chimera, Elegie romane, Poema paradisiaco* (introduzione generale di Giovanni Antonucci e Gianni Oliva; a cura di Gianni Oliva)
303. **Gabriele D'Annunzio**, *Tutte le poesie, vol.* II. *Laudi del cielo del mare della terra e degli eroi* (introduzione generale di Giovanni Antonucci e Gianni Oliva; a cura di Gianni Oliva)
304. **Gabriele D'Annunzio**, *Tutte le poesie, vol.* III. *Poesie in dialetto, per canzoni e disperse* (introduzione generale di Giovanni Antonucci e Gianni Oliva; a cura di Gianni Oliva)
I tre volumi di *Tutte le poesie* di Gabriele D'Annunzio sono disponibili anche in cofanetto.
305. **Gabriele D'Annunzio**, *Tutto il teatro, vol.* I. *Sogno di un mattino di primavera, Sogno d'un tramonto d'autunno, La città morta, La Gioconda, La Gloria, Francesca da Rimini, Parisina, La figlia di Jorio* (introduzione generale di Giovanni Antonucci e Gianni Oliva; a cura di Giovanni Antonucci)
306. **Gabriele D'Annunzio**, *Tutto il teatro, vol.* II. *La fiaccola sotto il maggio, Più che l'amore, La nave, Fedra* (introduzione generale di Giovanni Antonucci e Gianni Oliva; a cura di Giovanni Antonucci)
307. **Gabriele D'Annunzio**, *Tutte il teatro, vol.* III. *Le martyre de Saint Sebastian (Il martirio di San Sebastiano), La Pisanelle (La Pisanella), Le Chevrefeuille (Il Ferro)* (introduzione generale di Giovanni Antonucci e Gianni Oliva; a cura di Giovanni Antonucci)
I tre volumi di *Tutto il teatro* di Gabriele D'Annunzio sono disponibili anche in cofanetto.
308. **Bertrand Russell**, *La mia filosofia*
309. *I crepuscolari* (a cura di Francesco Grisi)
310. **Edward Morgan Forster**, *Il viaggio più lungo*
311. **Gwyn Jones**, *I Vichinghi*

Caro lettore,

ritagli e invii in busta chiusa, dopo aver risposto alle nostre domande, la scheda allegata.

Riceverà in omaggio periodicamente il nostro catalogo.

Dove ha acquistato il libro?

☐ libreria ☐ edicola ☐ ipermercato ☐ regalo

Ritiene di aver acquistato, indipendentemente dall'opera, un prodotto editoriale:

☐ scadente ☐ mediocre ☐ buono ☐ ottimo

Barri con una X le aree di lettura che predilige:

☐ narrativa	☐ filosofia	☐ antropologia	☐ storia
☐ psicologia	☐ poesia	☐ letteratura	☐ saggistica
☐ politica	☐ fiabe	☐ teatro	☐ cucina
☐ architettura	☐ arte	☐ magia	☐ musica
☐ giallo	☐ orrore	☐ fantastico	☐ avventura
☐ fantasy	☐ fantascienza	☐ rosa	☐ archeologia

nome .... cognome ....

età .... professione ....

Via .... cap .... Città ....

Prefisso .... Tel. ....

Spedire a: Newton Compton editori
Via della Conciliazione, 15
00193 ROMA
Tel. 06/68803250

GTE 316

Richiesta volumi arretrati

(Spedizione contrassegno senza alcun contributo per spese postali)
N.B. Per richieste di importo inferiore a L. 10.000, inviare, unitamente alla cedola libraria, francobolli di importo pari all'ordine.

Numero collana	Numero copie	Titolo	Importo

Data ______________________ Firma ______________________